金色眼睛的映像

〔美〕卡森·麦卡勒斯——著
Carson McCullers
常晓梅——译

人民文学出版社
PEOPLE'S LITERATURE PUBLISHING HOUSE

著作权合同登记号　图字 01-2017-3760

Carson McCullers
Reflections in a Golden Eye

图书在版编目(CIP)数据

金色眼睛的映像/(美)卡森·麦卡勒斯著;常晓梅译.—北京:人民文学出版社,2017
(麦卡勒斯作品系列:珍藏版)
ISBN 978-7-02-013473-1

Ⅰ.①金…　Ⅱ.①卡…　②常…　Ⅲ.①长篇小说-美国-现代　Ⅳ.①I712.45

中国版本图书馆 CIP 数据核字(2017)第 259410 号

责任编辑　**甘　慧　邱小群**
封面设计　**高静芳**

出版发行　**人民文学出版社**
社　　址　**北京市朝内大街 166 号**
邮政编码　**100705**
网　　址　**http://www.rw-cn.com**

印　　制　**上海盛通时代印刷有限公司**
经　　销　**全国新华书店等**

开　　本　**890 毫米×1240 毫米　1/32**
印　　张　**4.125**
字　　数　**84 千字**
版　　次　**2017 年 8 月北京第 1 版**
印　　次　**2018 年 1 月第 1 次印刷**

书　　号　**978-7-02-013473-1**
定　　价　**39.00 元**

如有印装质量问题,请与本社图书销售中心调换。电话:010-65233595

目录

前　言

诺思亚娜·萨维诺[1]

一九四〇年，欧洲已陷入战争，美国尚未参战。此时的文坛上，出现了一位奇特的新人。她时年二十三岁，高挑、纤瘦，目光有力，说话时带着浓重的南方口音，穿一身长裤、衬衫，与当时的女性颇为不同。她是卡森·麦卡勒斯，一九一七年出生于佐治亚州。她小时候名叫露拉·卡森·史密斯，但她很快就弃用了“露拉”这个在她看来过于娇弱的名字。后来，她嫁给了一位名叫利夫斯·麦卡勒斯的军人。在她成名的城市纽约，原本没有人认识她，可几个星期后，她的名字出现在大大小小的新闻和评论里。因为她的小说处女作《心是孤独的猎手》在评论界和公众当中掀起了热浪。

在种族主义盛行，民权运动还很遥远的南方，伴随着夏季的潮热，这本书诚然受到了一些批评，但赞扬无疑占了上风。人们听到了一个新声音，领略到一种属于作家的感知力。她那精准的语调、对人性孤独的洞见、描写南方小镇的人情世故时所展现的笔力都令人惊异。最重要的是，面对那些因不符合他人期待而被排挤的人，她表现出关切与体贴。人们注意到了她笔下人物的品质与力量：约翰·辛

---

① 诺思亚娜·萨维诺（Josyane Savigneau），法国作家，麦卡勒斯研究专家。

格，一名聋哑人，叙事围绕他展开；米克·凯利，一位个子过高的女孩，她想成为音乐家（和卡森本人的愿望一样）；比夫·布兰农，咖啡店老板，小说人物们在他的咖啡店产生交集；本尼迪克特·科普兰，一位黑人医生，马克思主义知识分子；杰克·布朗特，嗜酒的造反派。约翰·辛格是孤独的极致化形象：聋哑的他在故事一开始就与他唯一的同伴、另一位聋哑人分开了（我们知道卡森·麦卡勒斯原本想给书取名为《哑巴》）。辛格成了其他人物的知心人，可他却无从吐露自己的心声，就这样死去了。

《心是孤独的猎手》确实是一部了不起的小说，它仿佛不是出自新人之手，而是由一位作家老手写成的，这位作者能够准确拿捏悲剧与幽默、感情与政治分析、反叛与热爱的比例。无论是过去的年轻人还是今天的年轻人，都能在米克·凯利这个形象中找到他们自己的痛苦。如果说有什么值得注意的评价，那应当是来自于麦卡勒斯后来遇到的黑人作家理查德·赖特。在一九四〇年八月五日的《新共和》杂志上，赖特毫不犹豫地将麦卡勒丝与福克纳相提并论，这或许有些夸张，但他强调了麦卡勒丝特有的品质：“《心是孤独的猎手》令我印象最深刻的是那份对人类的惊人见解，凭借它，南方文学史上首次出现了这样一位白人作家，她用与对待自身种族一样的简洁和精准塑造了一系列黑人角色。这不仅关乎写作风格或政治立场，还来源于一种面对生活的态度，这种态度使麦卡勒斯小姐有可能避开周围环境的压力，将人类汇聚在一起，无论对白人或是黑人，她都抱有一视同仁的理解与温柔。”

作为一颗新星，卡森·麦卡勒斯结识了一些作家、艺术家，有美国人，也有逃到美国的欧洲人。如果说自戴高乐将军六月十八日的宣言之后，伦敦成为了抵抗运动的象征，那么对于那些从纳粹主义国家中逃出来的人们而言，纽约则是他们的流亡地。卡森与德国大作家托马斯·曼的两个孩子克劳斯、艾丽卡尤为相熟。克劳斯在一九四〇年六月二十六日的私人日记里写道："认识了有趣的新朋友：年轻的卡森·麦卡勒斯，优秀的小说《心是孤独的猎手》的作者。来自南方。身上有一种奇特的气质，融合了文雅与野性、柔美与天真。可能极有天分。"

第一部小说大获成功后，人们急切而又小心翼翼地等待着麦卡勒斯第二部作品的出版。一九四〇年六月十六日的《纽约时报》上写道："人们怀着担忧的心情等待着第二部小说。卡森·麦卡勒斯将标准定得太高了，不可能再次达到同样的高度。"一位年轻作家会被这样的话唬住。但卡森没有。她再次回到了工作状态。接下来，有必要列一份简短的人物传记了。

卡森和她的丈夫利夫斯都想当作家。他们曾有一个约定。一个人写作时，另一个人负责养家。一旦这本书写完了，两人就互换角色。《心是孤独的猎手》的巨大成功改变了这个约定。卡森继续写作。然而，由于她的第二部小说《金色眼睛的映像》发生在军营里，便总有传闻认为那其实是利夫斯·麦卡勒斯的作品。毫无疑问，利夫斯的军人生涯给卡森带来了启发与帮助。他一定提供了一些细节。可是，只需读一读他在战场上写的信——他参与了一九四四年六月六日的诺曼底登陆——就能知道，两人之中，卡森才是那个作家。尽管他的信十分详尽而且感人，但缺少了卡森那种独特的风格。

卡森的第二部小说完成于一九四一年初，在二月十四日出版，那天也是美国人热衷庆祝的情人节。《金色眼睛的映像》献给了安娜玛丽·克拉拉克-施瓦岑巴赫——一位年轻的瑞士女人，卡森通过托马斯·曼一家认识了她，然后爱上了她——在她心里，这份爱更多的是一种情绪、一种热爱，而非肉体之爱。五天后，也就是二月十九日，她二十四岁了。她返回南方，不再出入纽约知识分子圈，但她依然是一九四一年初风头正劲的作家。诗人路易斯·昂特迈耶（1885—1977）为她写了被美国人称作“广告”的东西，这种宣传语会占据封面的四分之一，由著名的作家撰写，彰显前辈作家提携新人的“文学授勋”传统。路易斯·昂特迈耶写道：“故事具有一种内在的冲动，同生活本身一样自发且无可回避。它层层发展，伴随着各种离奇、阴暗的转折和突如其来的幽默，又自然而然地走向了意料之外、情理之中的结局。对我来说，这是目前出版的最与众不同的作品，是美国有史以来最引人入胜、最令人不安的故事之一。”

现在，许多人都同意田纳西·威廉斯在一九五〇年的再版后记中说的，《金色眼睛的映像》也许是卡森·麦卡勒斯最厉害的一本书。最挑衅。最细致、紧张、干涩。对日常的观察巨细靡遗。最不多愁善感，对人际关系的残酷抱有最无声的冷漠。

这部小说震惊了清教徒众多的美国。一九六七年，在卡森·麦卡勒斯去世几天后，约翰·休斯顿从这本书中获得灵感，与马龙·白兰度、伊丽莎白·泰勒一起制作了一部精彩的电影，同样震惊了那些道德家联盟。一九四一年，评论家们讨论这部小说的技巧，并将它与《心是孤独的猎手》进行比较，以此掩饰对它根深蒂固的反感。人们说它写得太快，认为它太病态、太反常。有些人认为它比第一部写得更早，没有经过充分的修改就出版了。《纽约时报》节制地表达了失望："精明的读者，无论他们在文学上的品位和喜好如何，都认为《心是孤独的猎手》令人难以忘怀。这部更短、更脆弱的小说也部分地展现了相同的品质。但它显然比第一部要差一些。"人们或许会想要更多的论证，好知道它差在哪里。然而，令人震惊的是卡森·麦卡勒斯对被认为是"反常"的东西的关注。无比喜爱《心是孤独的猎手》的评论家罗斯·费尔德也写道："我们把麦卡勒斯女士比作威廉·福克纳：事实上，她似乎试图向福克纳最病态的部分看齐。"由于诸多言论针对这种病态，针对她对"反常"的喜爱，卡森·麦卡勒斯不得不多次表达自己对这部小说的观点，更多的是对文学中"正常"的看法。她试图在《写作笔记》中总结："对病态的指责是不公正的。只能说，作家的写作是从他潜意识里的种子开始的，这粒种子一点一点地生长。大自然从不反常。只有缺乏生命力是不正常的。"一九六七年，去世前不久，她在《金色眼睛的映像》的笔记（保存于得克萨斯州奥斯汀市卡森·麦卡勒斯基金）中写道："我忙于各种家务，每天打扫我们的小公寓。我累了。我没有想到要开始写另一本书，但一不留神，站岗士兵这个灵感就占据了我的大脑，我写下：和平时期的陆军驻地沉闷寂静。一个又一个人物在那里诞生，在那里确立（……）这个故事侵入了我的生活，我从来没有写得如此愉悦。叙事的风格是最重要的，字词的奇迹每一天都令我陶醉。通常情况下，我平均每天写一页，但令我惊讶且快乐的是，这篇故事我每天能写四页，有时甚至能写到六页。"

接下来，卡森·麦卡勒斯的主要任务便是与疾病战斗，努力存活，不顾一切地写下去。疾病最初的几次发作是在《心是孤独的猎手》出版后不久，却未被正确诊断。这是一种急性类风湿关节炎，发作了好几次，因误诊而未引起关注，最终导致她身体左侧瘫痪。此外，她的情感生活一片混乱。她和利夫斯·麦卡勒斯先是离婚，后又复合。一九四二年十一月十五日，她爱着的安娜玛丽·克拉拉克-施瓦岑巴赫从自行车上摔下来，死在了瑞士。这对她打击很大。

安娜玛丽·克拉拉克-施瓦岑巴赫去世时刚刚三十四岁。卡森二十五岁。她不知道自己已经走过了一半的人生。但她朦胧地感觉到，安娜玛丽的死亡以悲剧的方式为她的青春烙下了结束的印记。随后，利夫斯·麦卡勒斯去了战场。她成了一个战争新娘，不断地给利夫斯写信，等候回音——他在信里讲述自己在法国的见闻，以及对这个国度的爱。一直以来，卡森都爱喝酒精饮料，尤其是热樱桃茶，里面的樱桃往往比茶更多。这逐渐导致其健康的恶化，显示出她的一种自我毁灭的倾向。

一九四五年，卡森·麦卡勒斯决定在三月十五日完成新小说《婚礼的成员》的手稿。于是，她回到了前一年夏天拜访过的耶多艺区——位于萨拉托加温泉市的作家之家。她做事有恒心且严谨。她反复修改某些段落，把它们拿给耶多的经理伊丽莎白·艾姆斯过目。在伊丽莎白的鼓励下，她一丝不苟地工作了两个月。八月末，她把完成的手稿拿给伊丽莎白。伊丽莎白在夜里读后对她说："我知道，它终于完美了。"这是一九四六年，距离这本书的出版还有几个月的时间。她感觉到自己的作品又将完成。彼时她刚刚写完《伤心咖啡馆之歌》，一部中篇小说，很久之后才和其他几篇中短篇合集出版。

《婚礼的成员》出版于一九四六年三月十九日，献给了伊丽莎白·艾姆斯。一些评论家将它视为卡森的“代表作”。它在南方又成了人们谈论的禁区，但这一次，故事不是发生在陆军驻地。一九四四年至一九四五年的几个月里（除了结尾之外，故事集中发生在一九四四年八月末），一位少女诉说着她生活的痛苦、她的孤独。她强烈地宣告想要“参与”某事的疯狂欲望，特别是她哥哥贾维斯与嘉尼丝的婚礼。在美国，“婚礼的成员”几乎成为一个流行语，用来指那些热切希望“归属”于某个群体、某个团体的人。弗兰西丝·洁丝敏·亚当斯，她自称“弗兰淇”或“弗·洁丝敏”，显然是《心是孤独的猎手》中米克·凯利的姐妹。她也是卡森的姐妹，一个长得太快的少女——“这个夏天她长得这么高，简直成了一个大怪物。她的双肩很窄，两腿太长”。青少年们能够从她身上看见自己，看见自己对身体的窘迫，对身体发育的害怕，担心随着时间的推进，他们将不可避免地成为大人。和卡森本人一样，弗兰淇表达了抗拒：“我希望我是别人，反正不是我自己。”她对雪和寒冷的幻想与卡森童年时期一样。弗兰淇有两个对话者，一个是黑人女佣贝丽尼斯·赛蒂·布朗，另一个是弗兰淇的表弟约翰·亨利·韦斯特，这个六岁小男孩总是惹恼她，可她却不自觉地爱着他。这份三角关系不是她所渴望的。她想与她的哥哥、哥哥的未婚妻再创造一段关系。这个奇怪的状况在同样奇怪的几天后被揭露。婚礼开始了。十三岁的弗·洁丝敏用回了自己的本名，弗兰西丝。到这里，麦卡勒斯已经能够创作出一部简练、诗意、哀而不伤的小说了。音乐在这部小说中的分量不如《心是孤独的猎手》，但像往常一样，音乐依然在麦卡勒斯的作品中组织着话语。如果说，弗兰淇的角色更接近《心是孤独的猎手》而非《金色眼睛的映像》，这部小说的叙事则与《金色眼睛的映像》有着相同的厚度和力度。

许多评论家认为《婚礼的成员》是卡森·麦卡勒斯绝对的代表作，远远领先于她的其他作品，很可能是因为他们从中发现了更明显的自传性。当然，这篇小说的自传性是卡森作品中最清晰的，是对青春期作为人生关键时刻的戏剧化肯定。卡森·麦卡勒斯认为，青春期中的人们处于一种以后不可能再达到的清醒状态。这当然是值得商榷的。与卡森的另外三部小说及其他作品相比，《婚礼的成员》运用了减少作品力度的方法。在《婚礼的成员》里，人们会错误地相信这是一个“关于青春期危机的故事”，成功地找回了“从童年迈入青春期的那个难以捉摸的时刻”，就像《时代》杂志上写的那样。在《金色眼睛的映像》以及后来的《没有指针的钟》里，不适感直接针对读者，迫使他们认为虚构对他们自身的叙述与对作者、对书中人物的叙述一样多。

我们看到，评论家在谈论《婚礼的成员》时要和缓许多。有些评论家相当赞赏它，并因此将麦卡勒斯视为一位“独特的作家”，一位“推荐作家”。几个月后，这本书却在英国遇冷。人们批评卡森缺乏敏感性，“用福克纳最差的水平写了一篇尴尬、浮夸的小说”——将她与福克纳相比总归是一种褒奖，想到这里，她多少能获得一些安慰。在美国，极富声望的埃德蒙·威尔逊刊发在《纽约客》上的批评最为严苛，但也比英国的那些评论更加高明。他审慎地评价，卡森·麦卡勒斯是一位才华横溢的作家，心思十分敏锐，但“似乎不擅长将自己的才能运用于真正的戏剧性主题。她最新的小说《婚礼的成员》是戏剧性的，但相当不真实”。威尔逊谨慎地总结道：“我希望我面对这本书时没有表现出愚蠢，因为这本书让我恍惚有种上当的感觉。”威尔逊不可能愚蠢。但他或许有些过于传统，稍稍有些大意，因为，只需认真阅读文本就能发现，他那些用来佐证自己观点的评价其实是错的。卡森·麦卡勒斯对威尔逊抱有极大的敬意，这一负面评论使她无法平静。她因此发誓，永远不看别人针对她作品所写的东西。显然，她没有信守诺言。

就在这部小说出版之后，她认识了田纳西·威廉斯，一直到她去世，他都是她最亲密的伙伴，坚定不移地捍卫她，抵挡那些关于她的陈词滥调——“繁琐”“具侵略性”“不够自主”“对任何接近她的人来说都是负担”。一九七五年，弗吉尼亚·斯潘塞·卡尔写了一部关于卡森的传记，名为《孤独的猎手》，威廉斯为它撰写了前言。他有一段文字被卡森·麦卡勒斯的妹妹玛格丽塔·史密斯引用在《抵押出去的心》的序言中，这段文字详细地叙述了他与卡森·麦卡勒斯的相识：“这位终于被我发现的新朋友，她似乎也有趣地、神奇地游离于我们这个世界，如同黑夜本身。”这两位作家都被视为“可怕的孩子”“在自恋中不可自拔”，可他们却每天都在同一张桌子上一起工作。威廉斯认为卡森应该将《婚礼的成员》改编成戏剧。由于她没有他那样的戏剧写作经验，他便给她提了很多建议，以便她能写好这部戏。但她很快就不再来了，因为她和利夫斯复婚了，利夫斯想让她见识一下法国。于是，一九四六年十二月，他们待在巴黎。战后，人们为了忘掉悲伤，常常聚会庆祝。卡森和利夫斯总是在狂欢，很少睡觉。利夫斯参与了解放法国的诺曼底登陆，以英雄的身份出了名。卡森则被视为一位年轻的文学奇才而受人崇拜，《心是孤独的猎手》和《金色眼睛的映像》都被译成了法语。利夫斯对所有愿意倾听的人说，来到欧洲对他意味着重生。然而，他们违背了复婚时彼此许下的节制饮酒的承诺，他们喝得更多了，每天都喝，甚至每人每天都要喝掉一瓶白兰地。一九四七年春天，卡森刚满三十岁，她还不知道，这是她作为一个仅仅身体虚弱而已的年轻女子所度过的最后一个春天，此时的她并没有真的患上不可治愈的疾病。然而，几个月后，每个遇到她的人看到的都是一个残疾了的她——夏天，她突然发病，导致身体左半边瘫痪。尽管如此，她依然决定留在法国，立刻开始撰写新书。然而到了十一月，她再次生病住院。利夫斯和她于十二月一日回到美国，发誓永不再去欧洲。

直到一九四七年圣诞节临近，她才出院。接下来的一年似乎非常痛苦。三十岁的她是否是一位落魄的小说家、作品注定流产的剧作家？那些乌鸦嘴认为是的。但田纳西·威廉斯不这样想。卡森和利夫斯又分开了，她像抓住救生圈一样紧紧抓住了她的写作欲望。她想看到《婚礼的成员》变成戏剧。可她身体很虚弱，经常病倒，总是左半身瘫痪——直到去世都是如此，而田纳西·威廉斯此时在欧洲，在罗马。一九四九年着实是艰难的一年，一切都没有起色。她又病了。她收到了田纳西·威廉斯为《金色眼睛的映像》的再版所写的精彩文章，可她甚至没有力气感谢他。她被病痛折磨，动一动都困难，但仍然调动了身上所剩的全部精力去完成她的戏剧。一九四九年的夏天和秋天，她跟踪着这部戏的整个制作过程：从导演到演员。十二月二十二日，这出戏在费城预演，随后轰动纽约。评论在一开始就非常积极。一九五〇年，距离她成功出版第一部小说《心是孤独的猎手》已经过去十年，卡森·麦卡勒斯重新回到了文艺界。一九五〇年一月五日，《婚礼的成员》在纽约百老汇剧院首演。演出结束时，公众起立致敬。所有的评论都看好这部戏，有些甚至认为它非常卓越。《纽约时报》用“恩典”来评价卡森·麦卡勒斯和演员们的表现。成功迅速到来。这部戏一直演到了一九五一年三月十七日，为卡森带来了大量的现金收入，保证了她的物质生活。这部戏获得了由戏剧评论界授予的季度最佳戏剧创作奖。接着，她又获得了百老汇处女作奖，然后是年度戏剧评论家奖。她在技术上并不纯熟，但她拥有现代戏剧的品位。她的小说焕发了第二次生命，她觉得这振奋人心的新开始也令她重生了。她和田纳西·威廉斯的巨大肖像出现在一九五一年四月的《时尚》杂志上。五月，她出版了小说集《伤心咖啡馆之歌》，收获了评论界的一致好评，书很畅销。一九五二年初，她当选美国艺术文学院成员。

卡森·麦卡勒斯的人生似乎重新起航了，但这不包括她的疾病以及与利夫斯之间的关系。为了让自己的身体有所好转，她尝试了一种又一种排毒疗法。但卡森明白，从今以后她再也不会有灵活的四肢了。就像那些永远意志薄弱的青少年一样，卡森和利夫斯再次食言。一九五二年初，他们前往欧洲。第一站是罗马，卡森在那儿写她的新小说《没有指针的钟》。前来拜访她的人觉得她总是“处在酒精的迷雾中”。到了法国，他们定居在巴希维莱尔的弗克桑，一所被花园环绕的神甫住宅里。他们与花园里的瓜果蔬菜为伴，享受着健康的生活。但很快，酒精取代了健康的食物。卡森的法国编辑决定把她写的所有东西都翻译出来，可是巴希维莱尔发生的事情令他担忧，他不知道卡森是否在写她的小说。天知道。利夫斯和她返回意大利待了两个月，当他们十月份回到巴希维莱尔时，一场不可逆转的灾难发生了。《没有指针的钟》的手稿遇到了问题。利夫斯声称自己写了一本书，但他主要是在参观酒窖。他们常常争吵，相互冲对方大喊大叫。一九五三年的夏末，卡森飞往美国，在尼亚克与她的母亲见面，那里也是她结束生命的地方。从此，她再也没见过利夫斯。十一月十九日，他被发现死在巴黎某旅馆的房间里。是自杀？是药物和酒精过量？我们永远无法了解真相，但我们知道，几个月前，利夫斯曾向卡森提议一起自杀。卡森认为，利夫斯应该被葬在巴黎，这座他深爱的城市。但利夫斯的家人没有同意。

卡森·麦卡勒斯病得越来越重，她唯一的念头就是：为写作活下去。她要写完《没有指针的钟》。在尼亚克，她还没有遇见她的医生玛丽·默瑟博士——她照顾她，支持她，延长她的生命。人们看到才三十六岁却如此憔悴、痛苦的卡森时，都无法想象她能活这么久。一九五四年夏天，卡森回到耶多，完成了戏剧《奇妙的平方根》的初稿，并且继续写了一点《没有指针的钟》。当她离开耶多时，所有人都以为再也见不到她了，以为她会跟随利夫斯·麦卡勒斯而去。利夫斯曾说，她是“坚不可摧的”。耶多的住客们错了，利夫斯对了。写作的意愿赋予了她毋庸置疑的力量。她没有待在尼亚克，因为害怕与世隔绝的感觉。她常去纽约。一九五五年四月，她在基韦斯特和田纳西·威廉斯重聚。两人一起写作。但困难突然出现。卡森的母亲，玛格丽特·沃特斯·史密斯，在一九五五年六月十日溘然去世，享年六十五岁。那个一直关怀她的女人不在了，卡森只剩一个选择：放弃抵抗，向疾病投降，也许会死，也许能争取做一个出色的作家。如果她必须放弃，她早就放弃了。然而，一九五六年是可怕的一年，她的左臂让她越来越难受。但她依然完成了戏剧《奇妙的平方根》，并在第二年上演。结果是一场灾难。难道她不该把更多的注意力放在小说《没有指针的钟》上吗？这次失败让她不知所措。她觉得自己不能再写了。她就像她的人物弗兰淇一样叹道："我的感觉真真切切，就像有人把我的整张皮给剥了下来。"

时间到了一九五八年，卡森既不抱希望也毫无计划。一位精神病专家朋友将卡森介绍给自己的同行，玛丽·默瑟博士，她在一九五三年搬到了尼亚克。这是一次决定性的会面。卡森对心理疗法颇为抗拒，本无意参与这场精神分析的冒险。因为卡森并不富裕，玛丽给每个疗程定价十美元。多亏她的治疗，卡森重新开始工作了。一九五九年夏天，卡森十分高兴，因为《没有指针的钟》的手稿已经过半。一九六〇年十二月一日，手稿完成。她耗费了十年的时间和巨大的心力才完成了这部作品。她上一本伟大的小说《婚礼的成员》完成于一九四六年，就在"重病时期"开始前。《没有指针的钟》献给了玛丽·默瑟，出版于一九六一年九月十八日，连续六个月排名畅销书榜的前六位。由此看来，卡森·麦卡勒斯一直拥有等待她的读者，以及声望。

当然，这又是一部关于南方的小说。在一个小镇里，有一位年迈的南方法官和他的孙子，以及一个年轻的黑人男孩——他有一双不知从哪儿混血来的蓝眼睛，另外还有一个四十岁时会死于白血病的男人。卡森·麦卡勒斯已经很久没回南方了，但正如她反复说的那样，生在南方，便永远属于南方，即使厌恶种族主义，厌恶它给黑人群体的日常生活带来的所有不幸。确切地说，《没有指针的钟》是卡森·麦卡勒斯最直面这个主题的作品。这是一本关于死亡和种族问题的书。有评论写道："她的意图，是在最深的层面，也就是人类灵魂最隐秘的皱褶里，与我们分享这个问题，因为问题就藏匿在那里。"一九六一年的那个秋天，没有哪家报纸不在谈论《没有指针的钟》。卡森·麦卡勒斯的作品还从未引起过那么多讨论。如果说英国方面的评价都是正面的，美国这里则褒贬不一。评论的文章通常很长，火力十足。《时代》杂志这样写道："死亡是卡森·麦卡勒斯小说公认的主题，但我们没有感觉到它黑暗、强大的存在。相反，我们只看到了这种缺乏生命的死亡仿冒品。"在《纽约客》上，人们甚至懒得分析，一则简短的评论总结说："谈到麦卡勒斯女士那扭曲、啰嗦的文字，便让人奇怪地联想到一张凌乱的床。"在读这些话的时候，我们尤其能感受到来自文学批评家们古怪的冷漠。

鉴于这一切，我们渴望记下戈尔·维达尔在《纽约记者》里的话，更何况人们知道他往往并不宽容，对卡森·麦卡勒斯更是如此："从技术上讲，它会让你屏住呼吸，看到麦卡勒斯如何设置一个场景，然后在上面钉上一个又一个角色，从一句话、一行字中萌发生命。"他认为，她的小说与福楼拜的《简单的心》相似："里面没有任何虚假的字符。她的文字天赋仍是我们文化中少有的、幸运的成就之一。"

然而，越来越多的人认为，《没有指针的钟》可能是卡森·麦卡勒斯最糟糕的一本书。是因为田纳西·威廉斯对它的喜爱不如前几本吗？是因为伟大的作家奥康纳讨厌它是“分崩离析的典范”吗？还是因为人们很难承认，一个被放弃又被拾起、一半手写一半口述的文本仍能神奇地保持其魅力、独创性和内在的音乐性？然而，当一个人了解了卡森遭受的痛苦，看见她面临死亡时的样子，那么他会在读第一句话时就被打动：“人终将一死，但死法千差万别。”在《没有指针的钟》的结尾，卡森·麦卡勒斯又写道：“可他的生机正离他远去，而在弥留之际，生活呈现出马隆从未知晓的井然之序，一切都变得简单。”尽管这最后的战斗取得了胜利，可她怎么能不想到这即将离她而去的生机？她同意接受一些记者的采访，他们试图不让她察觉出，她在他们眼中有多么脆弱。她身高一米七五，体重还不到四十五公斤。她在轮椅上费了好大力气才能站起来接待他们，为他们提供波旁威士忌，并用南方的方式问一句：“要给身体来点儿托迪酒吗？”

卡森·麦卡勒斯笔下的 J.T. 马隆，“他的气势、生命力已经消失了，而且他似乎也不再需要它们”。卡森并非如此。她想继续往前走，再坚持一下，出门转转，去百老汇看田纳西·威廉斯新戏的首映，去爱尔兰见约翰·休斯顿——他将《金色眼睛的映像》改编成了电影。一九六七年春天，她成功地进行了这次爱尔兰之旅。她在那儿待了一个星期。这是她最后的幸福时光。她被视为明星，但几乎连说话的力气都没有。她回来的时候，开心地在《纽约时报》里找到了一幅大肖像，标题写着“弗兰淇五十岁了”。她确实刚满五十岁。连美国总统都看她的小说。一九六七年对她来说似乎没有之前的两三年那么可怕了，但在八月十五日，她再次发生了严重的脑瘫。她完全瘫痪，不省人事。九月二十九日上午，昏迷四十七天后，她在尼亚克医院去世。人们意识到，一个短暂的人生结束了，她留下的作品数量不多却具有强大的生命力——几年后，她的作品出现在著名的“美国文库”中，就证明了这一点。

人们没有想到的是，虽然卡森·麦卡勒斯去世了，但她的作品并没有结束。她的妹妹玛格丽塔·史密斯曾在母亲去世时因遗产问题与卡森产生分歧。她决定将卡森的文章收集起来。她编辑了《抵押出去的心》并撰写了前言，这本书于一九七一年出版。这是一本小说、散文和诗歌的合集，其中收录了卡森·麦卡勒斯在十六岁时写的第一篇短篇小说《吸管》。在序言中，玛格丽塔·史密斯大量引用了田纳西·威廉斯对卡森的回忆文字，包括卡森的一些生活片段，尤其是她离开南方故乡到达纽约时遇到的困难。玛格丽塔提到她和卡森一起住过的房间，“面朝一片安第斯丁香和日本木兰”，她们还分享了“同一张红木床”。这是一个看似琐碎的细节，但如果我们知道卡森一生中多么害怕一个人睡觉，多么无法独自生活，这个细节就有了很多意义。在这本文集的引言里，玛格丽塔·史密斯强调，弗兰淇这个脆弱少女就是卡森·麦卡勒斯本人。在她眼里，这是最像卡森的一个角色。尽管发生了那些让她们产生隔阂的事情——尤其是她们的母亲对卡森有着明显的偏爱——玛格丽塔·史密斯在谈到她的姐姐时仍然带着深深的爱意，她回忆她那南方语调的甜美嗓音、她对“漂亮故事”的喜好，说“她美化了自己生活中最值得注意的瞬间”。在读《抵押出去的心》时，我们还能发现一件事：比她早几年出生的南方作家尤多拉·韦尔蒂擅长写短篇小说，长篇小说则欠佳，但卡森能完美地掌握这两种体裁。她最后一本文集就是如此。那是她一九五五年写的，当时她在基韦斯特，与田纳西·威廉斯一起。“再也不能写了”对她来说只是身体的问题，由疾病所致。她写作的欲望从未停止，思想或想象力也从未干涸。也许正是因为她所有作品中都流露出的这种能量，因为她永恒的敏感的青春，她打动了一代又一代青少年，他们从米克·凯利和弗兰淇的身上看到了自己的不安。而作为成年人，我们更是清楚地看到了她的才华、她的写作技艺、她风格中的音乐性。我们知道，她是二十世纪美国文学中最令人迷醉的声音之一。伟大的作家往往会被误解，因此他们的作品需要流传，需要捍卫，需要被阅读。

（郁梦非　译）

第一章

和平时期的陆军驻地沉闷寂静。倒不是平居无事，而是事情屡次三番、循环往复地冒出。军事基地的总体规划使其更显单调乏味——庞大的混凝土营房、一排排军官住房整齐划一，如出一辙，还有体育馆、教堂、高尔夫球场和游泳池——无一逃离僵化呆板的设计格局。然而，这种沉闷或许多半是源于驻地的封闭性和驻军的安逸感。一旦从戎，热血男儿只需步人后尘即可。与此同时，几乎不再重现的事件也在驻地偶有发生。几年前在南方的一个军事基地，就曾发生过一起凶杀案。这一惨案涉及的当事人有：两名军官、一名士兵、两个女人、一个菲律宾人和一匹马。

事件中该士兵是二等兵[①]埃尔基·威廉斯。人们常在傍晚见到他独自坐在营房前人行道边的一条长凳

① 美军士兵的一级，低于一等兵，高于新兵。

上。这里景色宜人，长长的两排小枫树在草坪和人行道上撒下凉爽、纤细和随风起舞的树影。春天时节，树叶碧绿清澈，随着炎热天气的到来，又呈现出深暗、恬静的色彩。进入深秋，枫叶泛着金色的光辉，如霞似火。威廉斯常坐在这里，等候晚饭的开饭号。这个年轻士兵寡言少语，在军营里既没树敌也未交友。一张晒得黝黑的圆脸上挂着单纯、戒备的神情。他的两唇丰厚红润，棕色的刘海儿贴在脑门上，他的眼睛是琥珀色与棕色混合的奇妙颜色，一种缄默的眼神通常只在动物的眼中可见。乍一看，他似乎有些笨重和笨拙。不过这是一种假象，他动如脱兔，又如窃贼般悄无声息。他经常神出鬼没的，令那些以为身旁无人的士兵们大吃一惊。一双不大的手骨节分明、强劲有力。

二等兵威廉斯不抽烟、不喝酒、不嫖娼、不赌博。在军营里，他总是独往独来，在他人眼中是个颇具神秘色彩的人物。他的大部分空闲时间都花在了驻地周围的树林里。这个15英里见方的保护区是一片未经开发的原始森林。这里有粗壮高耸的松树、多彩多姿的鲜花，甚至还有鹿、野猪和狐狸等易受惊吓的动物。除了骑马，威廉斯对士兵们做的运动项目都不感兴趣。从来没有人在体育馆或游泳池里见过他，也从未有人见过他大笑、生气或痛苦不堪。他一日三餐吃得好、吃得饱，从不像其他士兵那样抱怨伙食。他住的宿舍里，挤放了约三十六张帆布床，排成长长的两排。这里没有安静可言，经常在晚上熄灯后，呼噜声、咒骂声以及杀人噩梦的呻吟声此起彼伏。但威廉斯却睡得安然、平静，只是有时从他的床上发出糖纸的窸窣声。

威廉斯入伍两年后，有一天，他被派去了一个叫彭德顿上尉的住处。事情的原委是这样的。在过去的半年里，缘于他在饲养马方面是把好手，就被调去马厩做了杂役。彭德顿上尉给驻地的军士长打来电话，正巧很多马都被拉出去参加演习了，马厩里没啥事，于是，军士长就临时抽调威廉斯去执行这一特殊任务。工作的性质很简单。彭德顿上尉想在他屋后的树林里清理出一小片空地，以便日后他安上烤肉架，即可开户外烧烤派对。这项工作大约需要一整天的时间。

早晨七点半，二等兵威廉斯便动身去执行任务。十月里的这一天阳光明媚、温暖宜人。他知道上尉的住处，因为他去树林散步时，常经过他家。而且和他很面熟。说起来，曾有一次他不慎给上尉添过乱。那是一年半以前，威廉斯给他所在连队的中尉连长当过几周勤务兵。一天下午，中尉接待了来访的彭德顿上尉。威廉斯为他们上茶点时，把一杯咖啡洒在了上尉的裤子上。除此之外，现在他经常在马厩见到上尉，而且还负责护理上尉妻子的爱马——一匹栗色的公马，无疑是驻地里最帅气的骏马。

上尉家位于军事基地的外缘，是一栋灰泥粉刷的八室二层楼，除了在最顶头外，和街道上所有其他房屋一模一样。草坪的两边邻接保护区的森林。他唯一的近邻莫里斯·兰登少校住在他家右边。这条街上的房屋都面向一大片平坦的棕色草皮，迄今一直被当作马球场在用。

威廉斯去到后，上尉走出来把要干的活详细地布置给他。矮栎以及低矮的荆棘灌木都要清除干净，大树上那些长得不足6英尺[1]长的树枝也都统统砍掉。上尉指着草坪约二十码以外的一棵高大的老橡树说以此为界，交代他清理到那里即可。上尉白胖的手指上戴了一枚金戒指。这天早上，他穿了一条到膝盖的卡其布短裤、羊毛长袜和羊皮夹克。他的脸是尖形的，棱角分明，表情生硬。他有一头黑发和一双晶莹蓝眼。他似乎并未认出威廉斯，给他下指示时，说话神经质，要求苛刻。他要求威廉斯当天就干完这些活，并说会在下午晚些时候再过来。

士兵埋头苦干了整个上午。中午时，他去食堂吃了午饭。到下午四点就全部完工了，甚至连上尉没有要求的活，他也主动干了。作为边界标志的那棵大橡树长得奇形怪状——面朝草坪这一侧的枝桠长得很高，人可以在下面行走，而相反一侧的枝桠却优雅地一顺下垂。士兵不辞劳苦，费了很多事才砍去了这些低垂的枝桠。一切圆满完成之后，他倚在一棵松树上等候着。他似乎心境平和，甘愿站在那里一直等下去。

“嗨，你在这儿干啥呢？”突然，一个声音问道。

士兵望见上尉的妻子从隔壁房子的后门出来，穿过草坪向他走过来。虽然看见她了，但直到听见她说话，他才猛然意识到是她来了。

“我刚才去马厩了。”彭德顿太太说，“我的‘火鸟’挨踢了。”

“哦，夫人，”士兵含糊地答道，他停顿了片刻才反应过来，“怎

① 6英尺=1.8288米。

么回事？”

“这个我也不知道啊。也许是哪头该死的骡子，也许是他们把它和几匹母马一起放进来了。我要气疯了，所以来找你。”

上尉的妻子躺进挂在草坪边上两棵树之间的吊床里。即使现在这身穿着——靴子、沾满泥土且膝盖处磨损厉害的呢料马裤，和一件灰色套头衫——仍看得出她是个端庄的女人。她的脸上带有圣母般凝然、静思的神情，古铜色的直发在颈背扎成一个结。见她在那休息，年轻的黑人女佣走了出来，用托盘端来一瓶一品脱[①]的黑麦威士忌酒、一个威士忌量酒杯和水。彭德顿太太对她喝的酒倒是不挑剔，两杯威士忌一饮而尽，接着又喝了一口凉水。她没再和士兵说话，他也没再问她有关马的事情，仿佛谁都没有意识到对方的存在。士兵又倚在那棵松树上，目不转睛地盯着前方发愣。

深秋的一抹阳光下，新铺的冬草坪笼罩在五彩氤氲的薄雾中，阳光甚至透过林中稀疏枝叶间的缝隙照射下来，在地上铺洒出片片火红烈焰般的金色光影。眨眼间，太阳消失了。清风习习，寒意袭人。该撤了。远处传来军号声，清晰地穿越空间，在林中回荡，那低沉的音调渐行渐远。夜幕已降临。

这时，彭德顿上尉回来了。他把车停在房前，直接穿过院子来验收完工的活。他问候了妻子，又给懒散地立正站在他面前的士兵敷衍地回了礼。他扫了一眼清理过的空地。突然，他打了个响指，扯起嘴

① 容量单位，1 品脱 =0.473 升。

角露出一丝冷淡、生硬和不屑。他那淡蓝色的眼睛转向士兵，而后轻声地说："二等兵，我的整个构思就在于那棵大橡树。"

士兵闷声不响地听着他的评论，圆圆的脸上依旧是那副严肃的表情。

"我只让你把这片地清理到那棵橡树就行了。"军官提高声音继续说道。他步态僵硬地走到那棵树下，指着砍掉的光秃秃的枝桠。"亮点就在于这些低垂的枝桠正好形成了一个天然屏障，把树林的其余部分隔在外面。现在全都毁了。"上尉似乎为这一点过失而情绪过于焦躁。只身站在树林中，他显得个子矮小。

"上尉是想要我做什么？"停了好一会儿，二等兵威廉斯才问道。

彭德顿太太突然大笑起来，她放下一只穿着靴子的脚，摇着吊床。"上尉想要你把那些树枝捡起来，再重新缝到树上去。"

她的丈夫并没觉得好笑。"这样吧，"他对士兵说，"你去弄些树叶来铺在这块地上，把灌木丛清理掉后裸露的空地遮盖好。然后你可以走了。"告诉完士兵后，他就进屋去了。

威廉斯缓步走回到昏暗的林中去收集落叶。上尉的妻子自己在吊床里摇晃着，看上去昏昏欲睡的样子。黯淡、清冷的黄昏落日映照着天空，万籁俱寂。

*

这天晚上，彭德顿上尉的心情极差。一进屋，就直接去了他的书房。房间不大，原本打算作阳台的，和餐厅通着。上尉在书桌前坐下，翻开一本厚厚的笔记本。他在面前摊开了一幅地图，又从抽屉里取出一把计算尺。尽管一切就绪，他还是无法静下心来开始工作。他俯在书桌上，头埋在双手中，闭上了眼睛。

他烦乱不安的部分原因，来自于他对二等兵威廉斯的厌恶。当认出给他派来的正是这个士兵时，他就气不打一处来。在整个驻地，他能记住长相的士兵大概只有六人。他对全体士兵一向是不屑一顾。他认为，官兵在生物学上或许是同一属，但两者却是截然不同的种类。那次洒咖啡的意外事故，他仍记忆犹新，因为那套崭新昂贵的礼服被毁掉了。衣服的面料是中国产的重磅真丝，沾上的咖啡渍彻底洗不掉了。（不在驻地时，上尉总是穿军装，却喜欢着便装参加有其他军官在场的社交活动，也算是个头面人物。）除此恩怨之外，在上尉的脑子里，威廉斯还与马厩和他妻子的爱马“火鸟”有关——真是令人不愉快的联想。眼下，橡树被误砍的事触碰了他的底线。他坐在书桌边，任由自己沉浸于短暂的幻想中——他离奇地幻想有朝一日这个士兵有越轨行为时能抓他个正着，并一定要把他送上军事法庭。想到这，他感到一点慰藉。他拿起桌子上的暖瓶，给自己倒了一杯茶水，又陷入对其他更多忧烦的思虑中。

今晚，上尉的烦躁不安有诸多原因。在一些方面，他的性格乖僻。他与存在的三要素之间的关系有几分奇异——生命本身、性和死亡。就性而言，他对男性和女性的取向保持着一种微妙的平衡，既对两性产生性吸引，又缺少对两性的主动力。一个人乐意活在自己的世界里，能够聚集零散的激情，全身心地投入到某种无需与人打交道的工作中，如艺术，甚至是类似试求与圆面积相等的正方形这样愚蠢的妄想——对这样的人而言，这种生存状态是能够忍受的。上尉有他自己的工作，且严于律己；据说他前程似锦。若不是因为他妻子，也许他不会感受到这一要素的缺失，或者说是多余。但是，和她在一起，他很痛苦。他有个悲伤的嗜好，他渐渐地迷恋上自己妻子的几个情人。

至于同另外两个要素的关系，就很简单了。在平衡生与死这两大本能的天平上，他的砝码都放在了一边——死亡。可见上尉的胆小懦弱。

彭德顿上尉也算得上是一位学者。在他还是年轻的中尉又尚未成家的那些年里，他的军官同事们都尽量避免去他在营部的单身宿舍，要不就两人结伴，或三五成群地去拜访他，所以，他有很多时间看书。他的脑子里塞满了学术性精确的数据和信息。例如，他能详细地描述龙虾奇特的消化器官，或三叶虫的生活史。他能熟练使用三种语言、知晓天文、读过很多诗。然而，虽博闻多识，但他平生却从未有过自己的见解。因为一种思想的形成，必须经过对两种或更多已知事实的吸收和转化，而这是上尉没有勇气去做的。

今晚，他独自坐在书桌前，无心工作，他没有扪心自问，反省自己的感受。他又想到了二等兵威廉斯的脸庞，还回忆起那天晚上邻居兰登一家和他们共进晚餐。莫里斯·兰登少校是他妻子的情人，不过上尉并没有对此耿耿于怀。他突然记起了很久前的一个晚上，在他新婚不久，也像今晚一样，他感到心烦意乱，须用一种奇特的方式发泄不快。于是，他驾车进城，离他当时驻扎的营地不远，停下车，独自在街道上走了很久。那是一个寒冬深夜，当他路过一个门口时，看到一只瑟缩的小猫。这只小猫找到了此处遮身之地，想让自己暖和一点。上尉俯下身去，听见它在喵喵地叫着。他托起这只小猫，感觉到它在自己的掌心里抖动。他盯着那张柔软温顺的小脸看了许久，用手抚摸着它温暖的绒毛。小猫的年纪很小，刚能睁大它那双明亮的碧眼。最后，上尉带上小猫沿街向前走。到了街角的一个邮筒边，他环顾一下四周，打开结了冰的投信口，把小猫硬塞了进去。接着，他继续向前走去。

上尉听见后门砰地一声响，于是离开了书桌。他妻子坐在厨房的餐桌上，黑人女佣祖西给她脱下靴子。彭德顿太太不是地道的南方人。她在部队里出生，在军营里长大。他父亲的祖籍是西海岸，在退休前一年晋升为准将①，而她母亲是南卡罗来纳②人。所以，上尉妻子的一些生活方式足够南方化了。虽然他们家的煤气炉没有像她外祖母家的炉子那样覆满了岁月堆积的尘土，但也绝对谈不上是干净。此外，在其他很多方面彭德顿太太还坚守着南方的老观念，例如，必须在大理石桌面上卷面点或面包，否则不能吃。出于这个原因，有一次上尉接到指示，将赴斯科菲尔德兵营③，他们就把她此刻坐在屁股下面的那张桌子一路运到夏威夷，又运了回来。如果她偶尔在饭里找出

① 介于上校和少将之间，高于上校。中国军衔不设准将。
② 美国东南部的一个州，首府哥伦比亚城。
③ 该兵营驻夏威夷州。

一根黑色的卷发，她会面不改色、平心静气地将其擦到餐巾上，然后继续享用晚餐。

“祖西，”彭德顿太太说，“人也像鸡一样有胗吗？”

上尉站在门口，他的妻子和佣人谁都没有察觉到。彭德顿太太脱掉靴子后，光着脚在厨房里来回走动。她从烤炉里取出一块火腿，撒上红糖和面包屑，又给自己斟上酒，这次只是半杯，之后，她突然活力四射地跳起了摇摆舞。上尉对她恼火透了，她是知道的。

“拜托，莉奥诺拉，上楼去把鞋穿上。”

作为回应，彭德顿太太哼着一支古怪的小曲，从上尉的身旁走过，进了客厅。

她丈夫紧随其后。“你在家里走来走去这副模样就像个荡妇。”

壁炉里添好了木柴，彭德顿太太弯下腰去把火点燃。她柔滑甜美的脸上泛着玫瑰色，上嘴唇闪着滴滴小汗珠。

“这会儿兰登一家随时就来了，我看，你是打算就这样去用餐吗？”

“当然，”她说，“为何不行？你这个老古董。”

上尉冰冷、严厉地说：“你令我恶心。”

彭德顿太太以大笑而回之，那是既温柔又粗野的笑声，仿佛她听到了早在预料中的丑闻，或者是想起了一个俏皮笑话。她脱下套头衫，揉成一个团，扔到墙角里。接着她又存心解开马裤，脱了下来。顷刻间，她一丝不挂地站在壁炉旁。在黄灿灿的炉火前，她身姿曼妙，美丽妖娆。她的香肩平直舒展，勾勒出瘦削、清晰的锁骨线条。丰润的乳房之间可见纤弱的静脉血管。再过几年，她的身体将宛如盛开的玫瑰绽放万种风情，而眼下，通过运动丰腴的体态得以控制，显得紧致。她平静地站着，纹丝不动，但在她身上恍若有种微微的颤动，似乎一旦你触碰她的肌肤，就会立刻感觉到她体内鲜红的热血在缓慢流动。上尉看着她，面露惊愕和愤怒，犹如是被重重地扇了一巴掌。她从容地向门厅走去，准备上楼。前门开了，一阵微风穿过黑沉的夜幕从门外吹了进来，把她那古铜色的头发吹起了一缕。

她上楼走到一半时，上尉才从惊恐中缓过神来。他紧跟着追上去，浑身颤抖。“我要杀了你！”他声音嘶哑地说，“我一定会的！我一定会的！”他一只手扶着楼梯栏杆，弓下身子，一只脚踩在第二个台阶上，看似要冲上去抓住她的阵势。

她慢慢转过脸来，低头漠然地看了他一眼，然后说道：“伙计，你有被裸妇扯住衣襟拽到街上痛打过吗？”

她已经走开了，上尉依旧呆傻地杵在那里。而后，他把头埋在伸开的胳膊里，整个身子靠着栏杆，喉咙里发出哭泣般的嘶哑声，伤心却无泪。过了一会，他起身用手帕擦了擦脖子。这时，他才注意到前门一直开着，屋里灯火通明，窗帘全都没有拉下来。他感到心里一阵异常的难受。谁都可能在门前漆黑的街上路过。他想到了刚才在树林边上还在一起的士兵，甚至他也很有可能目睹这一切。上尉惊惶地环顾周围，随即走进书房，那里放了一瓶陈年烈性白兰地酒。

*

莉奥诺拉·彭德顿天不怕，地不怕，不管是人、野兽还是恶魔；

上帝，她从不知道。一听到主[1]的名字，她只会想到自己的老父亲，老人家有时会在星期天的下午读《圣经》。那本书里，她只清楚地记得两件事：一是耶稣在一个叫加略山[2]的地方被钉死在十字架上——另一件是耶稣曾在什么地方骑过公驴。什么样的人才会愿意骑驴？

不出五分钟，莉奥诺拉·彭德顿已把和丈夫的那一幕忘得一干二净。她放好洗澡水，拿出晚上要穿的衣服。在驻地，莉奥诺拉·彭德顿是太太们热衷的八卦话题的主角，都说她水性杨花，情史丰富。然而，这些太太们的闲言大多是道听途说和想当然耳，因为莉奥诺拉·彭德顿其实是一个喜欢安稳感情的人，思想单纯、行事简单。她嫁给上尉时是个处女，婚礼后四天仍旧是处女，到第五天晚上她的状况有所改变，但只是变得有些困惑、茫然。至于此后的事很难说清。关于她那些风流韵事，也许她有自己的一套评估方法——在莱文沃思的老上校能算半个情人，和夏威夷的年轻中尉也只是有过几次亲密接触。但在近两年里，就只有莫里斯·兰登少校，别无他人了。对于此人，她还是挺满意的。

在驻地，莉奥诺拉·彭德顿是公认的好客主妇、优秀运动员，甚至是贵妇。不过，她身上的某种特质一直令朋友和熟人们纳闷。他们能感觉出哪里有点不对劲，却又具体说不清楚。事情的真相原来是她有点智力低下。

---

① 上帝，耶和华。

② 拉丁文的英文音译，也叫各各他（希伯来话音译），或髑髅地（意译），位于耶路撒冷旧城以外。

这一不幸的事实一直不为人知，不管是在派对上，还是在马厩里，或是她家餐桌上。只有三个人了解这一点：她的老父亲，这位将军[①]直到女儿平安出嫁才不再为她担忧了；另一位是她丈夫，他认为这是所有四十岁以下女人的正常状态；再一位就是莫里斯·兰登少校，他为此更加爱她。即使在酷刑的威逼下，她也算不出十二乘以十三等于几。如果她不得不写信的话，如收到叔叔作为生日礼物的支票要写感谢信，或者写信订购马辔等，那对她来说如同钻山塞海，工程巨大。她和祖西闭门不出，在厨房里潜心创作。她俩坐在桌边，桌上放了一堆纸和几支削好的铅笔。待终稿出炉且誊抄完毕后，两人都精疲力竭，急需静静地喝点酒，消除疲劳。

那天晚上，莉奥诺拉·彭德顿舒舒服服地洗了个热水澡，慢条斯理地穿好摆在床上的衣服。她穿了一条简单的灰色裙子、一件蓝色安戈拉毛衫，戴上珍珠耳环。七点时她回到楼下，客人们已在等候了。

她和少校都认为这顿晚餐实属一流。第一道开胃品是清汤。接下来是荤素搭配的火腿和肥嫩浓油的萝卜叶子，以及在灯光下呈透明状琥珀色的蜜饯白薯，上面抹了厚厚的一层甜汁。还有饼卷和布丁面包[②]。祖西只为他们递过一次蔬菜，然后就干脆把盘子放在了少校和莉奥诺拉这两个吃货之间。少校坐在那里，一只胳膊肘撑在桌子上，整个一副安闲自如的样子。他那棕红色的脸上流露出率真、愉快和友

① 美国军衔里，陆军的准将就是将军级别。

② 布丁面包（hot spoon bread），美国南方食品，一般作为开胃品在饭前吃。类似布丁，因为太软，必须拿勺子挖着吃。

好的表情；他深受官兵们的欢迎。席间，除了提起“火鸟”事故，几乎没聊什么。兰登太太基本没动她盘子里的东西。她身材娇小，面目黧黑，弱不禁风，但鼻子却不小，嘴巴敏感。她明显看上去疾病缠身。她不仅遭受疾病的痛苦，更是饱受悲伤和焦虑的折磨，以至于到了精神崩溃的边缘。彭德顿上尉笔直地坐着，两肘紧贴身体两侧。晚餐期间，他真诚地祝贺少校荣获一枚奖章，又几次轻弹喝水用的高脚杯口，静听其清脆的余音。最后一道甜点是热碎肉馅饼。饭后，四个人去客厅打牌聊天，消磨余下的时间。

“亲爱的，你简直是骨灰级大厨啊。”少校惬意地说。

*

桌边的这四个人其实并不孤单。深秋夜色下，有个人站在窗外默默地注视着他们。清冷的秋夜，淡淡的松树清香更增添了浓浓寒意。附近的林中秋风瑟瑟，天上寒星闪烁。此人离窗户很近，他呼出的水气在冰冷的窗玻璃上形成了一层哈气。

彭德顿太太离开壁炉上楼去洗澡时，正好被二等兵威廉斯看得清清楚楚。这个年轻士兵平生第一次见到裸体女人。他在一个纯男性的家庭里长大。父亲经营了一个仅有一头骡子的农场，星期天去圣洁教堂布道。他从父亲那里听说女人身上携带了一种致命的传染性疾病，会让男人眼瞎、腿残，注定要下地狱。在部队里，他也听到过不少有关这种如恶魔一般疾病的说法，甚至每月要去做一次例行体检，看他是否接触过女人。自从八岁以后，威廉斯就再没有自愿接触和正视过女性，也不愿意同女性讲话。

他重回树林去收集一捆捆湿漉、熏鼻的秋叶时，已经有点晚了。终于圆满完工后，他回去吃晚饭，路上穿过上尉家的草坪时，偶尔向灯火通明的门厅里看了一眼。从此，那映像就定格在他的心里。那是个宁静的夜晚，他站在那里呆若木鸡，双臂自然垂于身体两侧。晚餐时，火腿切开了，他饥饿难忍地吞咽着口水，但那黯淡深邃的目光却一直停留在上尉妻子的身上。他脸上那呆滞的表情并未因刚才的情形而改变，但他金棕色的眼睛却不时地眯起，仿佛在心里密谋着什么诡计。上尉的妻子已经离开了餐厅，他依旧站在原地没动。过了一会，他才缓慢地转身离去。身后的灯光把他的身影在平坦的草坪上拖出一道长长朦胧的影子。仿佛有种不祥之兆笼罩心头，士兵走得无声无息。

第二章

第二天大清早，二等兵威廉斯就去了马厩。太阳尚未升起，天色暗淡，空气寒冷。潮湿的地上覆盖着薄雾，宛如条条乳白的丝带，天空一片银灰色。去马厩的路上经过一处峭壁，从那里凭眺保护区可一览而尽。树林充满了秋天的色彩，火红和黄色点缀在墨绿色的松树之间，好似一幅泼墨风景画。威廉斯漫步在铺满树叶的林间小路上，时而驻足不动，像是在凝听远方的呼唤。他那晒黑的皮肤被清晨冷空气吹得发红，唇上还有早餐喝的牛奶留下的白色奶印。他这样悠闲地走走停停，走到马厩时，太阳刚升上天空。

马厩里仍然昏暗无光，空无一人。屋内密不通风，暖烘烘的，有股酸甜的气味。士兵走过畜栏时，听到马儿平缓的呼吸声，一种困倦欲睡的鼻声和马嘶声，一双双沉默发光的眼睛都转向他。这个年轻的士兵从口袋里掏出一包糖，他的双手即刻沾满了温热粘粘的唾液。他走进一头小母马的畜栏里，它快生小马驹了。他抚摸着它的大肚子，双臂搂着它的脖子站了一会儿。之后，他又把骡子放出去，圈进围栏。马厩里不是只有他和牲口独处——没多久其他人也都到位了。周六是这里忙碌的日子，上午有为驻地儿童和妇女们举办的骑马培训课程。不一会儿这里变得嘈杂起来，随着喧闹的人声和咚咚的脚步声，畜栏里的马儿也开始烦躁不安。

彭德顿太太是今早第一批到来的骑手之一。像平常一样，陪她来的还有兰登少校，但彭德顿上尉也一起来了，这倒有些反常，因为他习惯在傍晚独自骑马。他们三人坐在围场的栅栏上，等着他们的坐骑备上马鞍。二等兵威廉斯把“火鸟”先牵了出来。上尉的妻子在头一天抱怨的这匹马受伤的事，实为太过夸张，不过是马的左前腿有一处轻微擦伤，已经涂上碘酒了。来到室外，在耀眼的阳光下马紧张地撑圆了鼻孔，扭动着长脖子四处看。它的皮毛梳理得光滑如缎，马鬃在阳光下显得浓密油亮。

作为良种马，乍一看这匹高头大马过于膘肥体壮。它腰背滚圆，四肢粗壮，但它动起来那恣意洒脱的风姿令人倾倒。在卡姆登[①]赛马会上，它曾一度超过了自己伟大的冠军父亲。彭德顿太太骑上马后，它两次后腿直立，欲挣脱冲上跑马道。接着又咬紧嚼子，脖颈弓起，尾巴高举，狂暴地一个横向跨步，口鼻喷着白沫。在这场马与骑手较量的过程中，彭德顿太太放声大笑，兴奋不已地对“火鸟”说：“你

① 美国南卡罗来纳州中北部城市，每年 4 月 1 日在此举行卡罗来纳越野赛马。

这个可爱的老家伙！”较量突然终止，就像突然开始一样。说真的，这种无定性的打闹每天早晨都会上演，也就不能称其为真正的较量。马儿初来乍到时才两岁，尚未接受驯化，那可是够动真格的。有两次彭德顿太太被摔得不轻，还有一次她骑马回来时，士兵们看到她下嘴唇咬破了，毛衣和衬衫上都是血迹。

然而，现在这短暂平凡的较量呈现出戏剧化、表演性色彩——是为自己和观众娱乐而上演的一出诙谐哑剧。即使嘴上泛着白沫，马儿也不忘保持它那豪放不羁的魅力，仿佛知道有观众在欣赏。较量结束后，它站着一动也不动，只是叹了口气，大有年轻丈夫让步于泼辣爱妻而笑叹耸肩的风度。抛开这些表演性叛逆不说，如今这马儿可谓是训练有素。

马厩的士兵们给所有常来骑马的人都起了绰号，他们私下聊天时以此相称。兰登少校叫“水牛”，是因为骑在马鞍上时，他巨大阔厚的双肩下沉，脑袋耷拉着。少校是一名出色的骑手，还是年轻的中尉时，他就在马球场上头角峥嵘。然而，彭德顿上尉压根不善骑马，尽管他本人还没认清这一点。他僵直地端坐在马上，与马术教练指点的位置丝毫不差。倘若他能从身后看到自己骑马的姿势，或许他根本不想骑马了。他的臀部摊在马鞍上，松软地颤动，为此，士兵们都叫他“扭臀上尉”。彭德顿太太，大家直呼她“夫人”，可见她在马厩深受尊敬。

今天早晨这三位骑手一开始先安稳地慢行，彭德顿太太走在前面。二等兵威廉斯一直站着目送他们从视线中消失。不一会儿，他从马蹄踏在坚硬的路面上发出的声响听出他们开始小跑了。此刻的阳光更加强烈，天空的颜色也加深了，变成了温暖的蔚蓝色。新鲜空气中夹杂着动物粪便和烧树叶的味道。士兵伫立了许久，直到中士走上前来友善地向他吼道："嗨，呆子，你要一直这么傻看下去吗？"马蹄声早已远去。这位年轻士兵把前额的刘海向后撸了一下，慢悠悠地开始干活，一整天都是沉默不语。

入夜后，二等兵威廉斯穿上干净衣服去了树林。他沿着保护区的外缘走到了他上次帮彭德顿上尉清理过的那片林地。屋里没有之前亮堂，只有楼上右边的一个房间和连着餐厅的小门廊里亮着灯。他走近后发现上尉独自在书房里，而上尉的妻子在楼上亮灯的房间里，百叶窗帘已放下来。和这一片儿的所有房子一样，这栋房子也很新，所以院子里的灌木还没有长起来。好在上尉请人给移植了十二棵女贞树，围着院子四周栽了一圈，这里才不显得那么荒秃，没有人气。由于这些枝叶茂密的常青灌木的遮蔽，从街上或邻居家里都不易看到士兵。他站在上尉的窗外，近得倘若上尉打开窗户伸出手，就能触摸到他。

上尉坐在书桌前，背对威廉斯。他看书时一直坐立不安。桌上放了些书和文件，还有一个紫色玻璃酒瓶、一保温瓶茶水及一盒香烟。他喝着热茶和红酒，每隔十到十五分钟给他的琥珀烟嘴上放一支烟。他一直工作到凌晨两点，而且一直在士兵的视线之中。

从这个晚上起，士兵进入了一段怪异时期。他每晚都经过森林来到这里，窥视上尉家里的一切活动。餐厅和客厅的窗户挂着蕾丝窗帘，透过窗帘，他看得见室内，但室内的人却轻易看不见他。他站在窗外的一侧，斜看进去，屋里的光线也照不到他脸上。里面并没有发生任何重大事件。他们经常晚上不在家，到后半夜才回来。一次他们请了六位客人在家里吃饭。不过，多数时候都是兰登少校自己或和夫人一起过来，他们在客厅里喝酒、打牌、聊天。士兵一直目不转睛地盯着上尉的妻子。

这段时间里，二等兵威廉斯发生了明显的变化。他近期出现的会猛然停下手里的事木然呆滞地望着远方长久不动的新毛病依然在继续。他常常在清理畜栏或给骡子备鞍时，突然陷入恍惚状态。他会静立不动，甚至有人叫他的名字，也没有反应。马厩的中士注意到这个情况，并对此深为不安。他曾偶尔在年轻的新兵中发现这一怪癖，那是他们思念家乡和女人了，在谋划着出逃之事。可是当中士询问威廉斯时，他回答说自己压根儿啥都没想。

年轻士兵说的是实话。纵使他脸上露出屏气凝神的表情，在他的脑子里却没有任何明确的想法或计划，唯有那晚他经过上尉家明亮的前厅时亲眼目睹的那一幕所留下的深刻映像，但他并不是念念不忘“夫人”或任何其他事。不过，他确实有必要在这恍惚的状态中暂停和等待片刻，因为他的潜意识里有一个毒瘤开始慢慢地萌发。

在他二十年的人生里，他曾有过四次未受当时情形的影响而自主行事，在这四次的行动之前均出现了类似愣神的怪异现象。第一次是他突然莫名其妙买回了一头奶牛。那时，他才是个十七岁的男孩，通过犁地、摘棉花积攒了一百美元，用这笔钱他买下了这头牛，给它起名叫“红宝石”。实际上，他父亲那一头骡子的农场并不需要奶牛，而且他们外销牛奶还违法，因临时搭的牛棚不能通过政府的检查，然而，对一个小家庭来说，奶牛产的奶自家根本喝不完。冬天的早晨，天没亮男孩就起床了，提着一盏灯出门去牛棚。他把额头抵在奶牛暖融融的侧腹，边挤奶，边低声、轻柔地催促着。他双手拢成环状，伸进冒着泡泡的奶桶里，一口一口慢慢地喝。

第二次是他突然强烈地表明自己信上帝了。在星期天，他总是安静地坐在教堂后排的长凳上，听父亲布道。一天晚上，在奋兴布道会上，他突然跳上讲坛，呼唤上帝，声音奇怪且狂热，随后便倒在地上抽搐打滚。在接下来的一个星期里，他感到倦怠乏力，此后再也没能与圣灵相交，经历心灵触动的那一刻。

第三次是一个犯罪行为，被他隐瞒得神不知鬼不觉。第四次就是他参军了。

每一次的事情都发生得很突然，他事先未做任何计划，但说起来又令人费解，他实际上为这一切做好了准备。比如，就在买奶牛之前，他站在那里，两眼目光呆滞，久久不动，随后，他把谷仓旁用来堆放废旧杂物的披屋清理干净；他把奶牛牵回家后，一个现成的牛棚已经备好。同样，在他参军前，他已把琐碎的事务安排妥当。但是，直到他数好钱付了账，手握缰绳时，他才清楚地意识到自己要买一头奶牛。当他踏进征兵办公室的门槛时，他内心那些蒸汽状的感觉才凝结成一个真实的想法，他这才认识到自己即将成为一名士兵。

几乎有两个星期，二等兵威廉斯在上尉家附近进行秘密地侦察。他了解了这家人的生活习惯。女佣通常晚上十点上床休息。若彭德顿太太在家的话，她大概十一点上楼，房间的灯随即熄灭。上尉一般从十点半开始工作，一直到凌晨两点。

到了第十二天的晚上，士兵缓慢地走过树林，速度比平时慢得多。从远处他看到屋里亮着灯。一轮皎洁的月亮悬挂在夜空，把寒冷的夜晚染成了银白色。月光下清晰可见士兵走出树林穿过草坪，他右手拿着一把小刀，笨重的皮靴也换成了网球鞋。客厅里传出嘈杂的说话声。士兵走到窗跟前。

“再发一张给我，莫里斯。”莉奥诺拉·彭德顿说，“这次给我一张大牌。”

兰登少校和上尉的妻子在玩纸牌21点[①]。赌注够值钱的，算法也很简单。若是少校赢走了桌上全部筹码，“火鸟”在一个星期内就归属于他——假如莉奥诺拉赢了，她可以得到一瓶最喜欢的黑麦威士忌酒。在最后一小时，少校已将多数筹码揽入怀中。火光映红了他英俊的脸庞，他的皮靴后跟在地上敲打着军乐拍子[②]。

他两鬓的头发开始变白了，修剪过的胡须也正在变得灰白。今晚他穿着军装，宽厚的肩膀向前塌着，看上去很开心满足的样子，只有当他瞥一眼他的妻子时，浅色的眼睛里才流露出不安和哀伤。在他对面的莉奥诺拉一副专心、严肃的表情，她扳着手指在桌子下面计算十四加七等于几。最后，她终于甩牌了。

“我输了吗？”

---

① 一种做庄牌戏，玩者力争取得21点总牌点，或比发牌人更接近21点，但不能超过。

② 一种军操表演乐，起源于17世纪早期用击鼓或吹号命令士兵归营的信号。

"没有，亲爱的。"少校说，"正好21。21点。"

彭德顿上尉和兰登太太坐在壁炉前，谁的心里都不舒服。今晚他俩都精神紧张，一直在看似兴奋却内心沉重地谈论着园艺。他们的紧张是有原因的。这些天，少校完全不像过去那么随和、乐观，甚至连莉奥诺拉都隐约感觉到压抑的气氛。一个原因是数月前这四人经历了一场离奇的悲剧。一天深夜，他们四人也像这样坐着，突然，正发着高烧的兰登太太离开房间，跑回自己家去了。少校没有立刻跟回去，他喝了威士忌，略有飘飘然之感。过了一会儿，兰登家的菲律宾佣人阿纳克莱托嚎叫着冲进来，瞪大眼睛，表情惊恐，他们二话没说，跟着他跑过去，看到兰登太太不省人事，她用园林大剪刀剪掉了自己柔嫩的乳头。

"有人想喝水吗？"上尉问。

大家都很渴，上尉去厨房又拿来一瓶苏打水。他内心陷入深深的不安是因为他清楚事情不可能一直这样持续下去。尽管他妻子和兰登少校的婚外情令他苦恼，每每想到任何可能的变化，他就会提心吊胆。其实，他一直忍受着极不寻常的痛苦，他嫉恨自己妻子的情人，同时也嫉妒自己的妻子。在过去的一年里，他渐渐对少校产生了感情，是那种最接近于他所认知的爱情的情感。他最大的渴望是能在这个男人的眼里与众不同。他以看破红尘的态度又不失风度地顶着这个绿帽子，为此赢得了驻军的尊重。此刻，给少校倒水时，他的手在颤抖。

"你工作太拼命了，韦尔登。"兰登少校说，"我告诉你一点——

这不值得。健康第一，没有了健康，你还能干啥？莉奥诺拉，你还要牌吗？”

彭德顿上尉给兰登太太倒水时，避开了她的眼睛。他烦透她了，连看她一眼都无法忍受。她坐在炉火前织着毛衣，坐姿僵直，一声不吭。她的脸色惨白，双唇皲裂有点肿，乌黑温柔的眼睛里闪烁着炽热的光芒。她才二十九岁，比莉奥诺拉小两岁。据说她曾有一副美妙的歌喉，但驻地里没有人听过她唱歌。上尉瞥了一眼她的手，顿觉一阵恶心，枯瘦如柴，纤细脆弱的手指从指关节到手腕暴露出条条“青筋”般毛细血管。这双苍白病态的手和正在编织的深红色毛衣形成鲜明的反差。上尉时常用各种阴险刻薄的方式伺机伤害这个女人。他讨厌她，首先是因为她全然漠视他的存在。他鄙视她，还因为她曾帮过他一个忙——她知道一件事，并替他保守着秘密，一旦被传开的话，他将无地自容。

“又给你丈夫织毛衣呢？”

“不是，”她淡然地回答，“我还不知道织它干什么呢。”

艾利森·兰登真想痛哭一场。她想起了三年前死去的宝宝凯瑟琳。此时，她想着应该回家去，让童仆阿纳克莱托服伺她睡下。她在痛苦和紧张中煎熬，甚至连不知道在给谁织毛衣这点事也令她焦躁不安。得知丈夫出轨后，她开始以织毛衣解闷。先给他织了几件，接着又给莉奥诺拉织了一套。起初的几个月里，她不太相信他竟会对自己如此不忠。最后她鄙视丈夫，对他彻底死了心，又不顾一切地向莉奥诺拉求助。于是，一种奇特的友谊始于一个遭遇背叛的妻子和丈夫爱慕的对象之间。她清楚，因震惊和嫉恨而产生的这种病态的情感依附降低了她的人格。不久，也就自然而然地终止了。此刻，她感觉到泪水涌满眼眶，就喝了点威士忌让自己振作起来，虽然身患心脏病，她本应滴酒不沾。其实，她并不喜欢威士忌的酒味，更愿意喝一小杯甜酒，或一点雪利酒，甚至一杯咖啡，如果没有别的什么。但眼下她喝了，因为威士忌就摆在她眼前，其他人也都在喝，而且没有别的选择。

"韦尔登！"少校突然大声喊道，"你太太在作弊！她偷偷翻牌，看是不是她想要的。"

"没，我没看。我还没来得及看呢，就被你发现了。你抓到啥牌了？"

"我没想到，莫里斯，"彭德顿上尉说，"难道你不知道在牌桌上永远不可相信女人吗？"

兰登太太带着戒心十足的神情听着他们调侃，这种神情常见于久病患者的眼中，因他们不得不依附于他人，不论是细心体贴还是粗心疏忽。自从那晚她冲回家自残以来，她在内心里一直觉得羞耻、恶心。她确信所有看她的人一定都在想着她做过的那件事。其实，这桩丑闻一直没有公开，除了当时在屋里的几个人外，只有医生和护士知道——还有十七岁就开始陪伴她、崇敬她的菲律宾小佣人。这会儿她停下手里的活，手指尖放在颧骨上。她明白自己应该起身离开这个屋子，和她丈夫彻底决裂。可是近来她深感无助。她究竟又能去哪儿呢？当她设想往后的日子，脑子里就冒出一些稀奇古怪的念头，她被各种强迫症所困扰，已经到了像害怕他人一样地害怕自己的地步。她成天感到自己要大难临头，而且，这不祥的预感弃之不去。

“怎么了，艾利森?”莉奥诺拉问道，“饿了吗?冰箱里有鸡片。”最近几个月，莉奥诺拉和兰登太太说话的态度经常有点怪，吐字口形夸张，说话用心、适度，像是在对一个自卑的白痴说话。“胸脯肉和鸡腿都有。很香的。尝尝吧?”

“不吃了，谢谢。”

“你真的不吃吗，亲爱的?”少校问道，“你不想吃点啥吗?”

“我很好。不过，你能不能——?鞋跟别在地板上敲。听得我心烦。”

“对不起。”

少校把腿从桌子下面挪到椅子一侧，跷起了二郎腿。表面上他天真地相信妻子对他偷情这一档子事一无所知。然而，他却越来越难以继续抱定这一自我安慰的想法；不愿面对现实所致的紧张情绪使他患上了痔疮，胃肠功能也开始减弱。他试图——并做到了，把她外露的痛苦视为病态女性的表现，他也奈何不了。他至今记得他们新婚不久发生的一件事。他带艾利森出去打鹌鹑，她虽打过靶，但从未打过猎。一群鸟被他们惊飞而起，冬日的夕照下飞鸟的队形至今历历在目。因为他在观看艾利森，就只打下来一只鹌鹑，他殷勤地坚持说那是她的战果。当她从狗嘴里拿下这只鸟时，她的脸色突变。鸟还活着。他随意地击其头部，将鸟打死，又递给了她。她手握着尚有体温、羽毛凌乱、坠落时丧失了尊严的小身躯，仔细瞧着它失神呆滞的小黑眼睛，不禁失声痛哭起来。此类事情就是少校所指的“女性”和“病态”，而且男人要想法子全部搞清这些事，也没啥好处。这些天当少校为妻子而烦恼时，作为一种自我保护，他本能地想起了一个叫魏因切克中尉的人，此人是少校所在营里的一名连长，艾利森的一个好朋友。故而，此刻当看到她的面孔而心神不宁时，便自我安慰地说：

“你是说下午和魏因切克中尉在一起？”

“是的，我在他那儿。”她说。

“挺好。你觉得他人咋样？”

“不错。”她忽然决定要把毛衣送给魏因切克中尉，他正好能派上用场，她希望毛衣的肩不会织得太大了。

“那个人！”莉奥诺拉说，“我不明白你到底看上他啥了，艾利森。当然，我知道你们聚在一起高谈阔论。他叫我‘夫人’。他不愿和我多说，只会说‘是的，夫人’，‘不，夫人’。你想想吧！”

兰登太太苦笑了一下，但未置一词。

在此，也许应该简单说说魏因切克中尉，虽然在驻地，除了兰登太太，他对任何人来说都无关紧要。在部队里他混得很背，快五十岁了，还没能获得上尉军衔。因为眼疾麻烦不小，很快就得让他退了。他住在单身中尉的公寓里，里面住的大多是刚毕业于西点军校到这里来的。两个小房间里塞满了他一生积攒下的东西，有一台大钢琴、一架子留声机唱片、几百本书、一只安戈拉大猫和十几盆花。他还种了一种爬墙虎，绿叶爬满了客厅的几面墙，地板上放着空啤酒瓶或咖啡杯子，经常会把人绊倒。最后一件是老中尉的小提琴。从他的房间里时常传出精致的古典纯音乐，弦乐三重奏或四重奏，这些忘却已久的乐曲会让走廊里经过的年轻军官们挠头搔耳，挤眉弄眼，不知所云。兰登太太时常在傍晚来这里坐坐，和他一起弹奏莫扎特的奏鸣曲，或在壁炉前喝咖啡、吃糖姜。撇开其他弱势不说，他还囊中羞涩，因为要供两个侄子上学。他不得不谨行俭用，才能收支相抵，唯一的军礼服都穿得肮脏破烂了，所以，他只参加一些强制性的社交活动。兰登太太得知他的衣服都是自己缝补，就经常把针线活带过来做，给丈夫缝补衣物时顺便也把中尉的内衣和日用织物一起都补了。有时，他们两人坐少校的车一起出行——去大约一百五十英里以外的城里听音乐会。这时候，他们也会带上阿纳克莱托一起去。

“我把这手上的全都押上，如果赢了，所有的筹码都是我的。”彭德顿太太说，“我们该结束了。”

彭德顿太太发牌时，她设法从大腿上拿起一张 A 和大王，使自己的牌正好 21 点。屋里的每个人都目击到这一小动作，少校嗤嗤地窃笑。他在桌子下面轻轻地拍了下莉奥诺拉的大腿，然后把椅子向后推了下，这一切也没能逃过大家的眼睛。与此同时，兰登太太起身，把织的毛衣放进包里。

“我得走了。”她说，“你待着吧，莫里斯，你们别散场。大家晚安。”

兰登太太步履缓慢，步态僵硬，她走后，莉奥诺拉说：“真不知道她现在哪里不舒服。”

“说不上，”兰登痛苦地说，“我想我得走了。咱们就玩到这吧。”

兰登少校真不想离开这让人开心的房间，他和彭德顿夫妇告别后，在房前的人行道上站了一阵子。仰望群星，他心想活着有时真是一件不幸的事。他忽然想起了死去的宝宝。全程那叫一个乱啊！生产时，艾利森紧紧抓住阿纳克莱托（因为他，少校，不堪忍受这场面），足足尖叫了三十三个小时。医生说："你用力不够，再使劲啊"——哎，连小菲律宾人都在跟着使劲，他膝部弯曲，脸上汗如雨下，和艾利森一起撕心裂肺地一声声嘶喊。后来，孩子生出来了，他们发现婴儿的食指和中指连着，少校唯一的想法是，若让他去摸摸小宝宝的话，他会浑身哆嗦的。

这件事拖了有十一个月。当时他们驻扎在中西部，他常常冒雪回家，在冰箱里找点像金枪鱼沙拉冷盘等吃的填肚子，满屋子都是医生和护士。阿纳克莱托在楼上忙着，把尿布拿到灯下观察大便，或者帮艾利森抱孩子，她则嘴巴紧闭，走来走去，在房间里来来回回不停地走。待一切过去后，除了感到解脱，他没有别的感觉。可艾利森不是！冷酷的现实给她心里留下无法释怀的痛苦！她又是感情特别、特别的细腻！没错，人生也有悲伤之时。

少校开了前门，看见阿纳克莱托正下楼来。这个小菲律宾人走起路来风度翩翩、泰然镇定。他穿着凉鞋、柔软的灰色裤子和一件蓝色亚麻衬衣。扁扁的奶白色小脸上闪动着一双乌黑的眼睛。他似乎没有注意到少校——下到楼梯底层的台阶时，他慢慢抬起右腿，脚趾像芭蕾舞演员那样绷弯，手掌猛地在空中一挥。

"笨蛋！"少校说，"她好着吗？"

阿纳克莱托扬起眉毛，慢慢地闭上肤白精致的小眼睛。“很疲惫[①]。”

“哎！”少校气呼呼地说，因为他一点法语也不会，“呜哩呜噜呢穆呢穆！我问，她好着吗？”

“这是[②]——”阿纳克莱托也是近期才开始学的法语，他不知道“鼻窦”这个词的法语怎么说。不过，他的回答一本正经、让人记忆深刻，“乌鸦先生呆在一棵树干上[③]，少校。”他停顿了一下，打了个响指，像是在大声自语般幽幽地补充道，“热腾腾的肉汤，卖相很诱人哦。”

“给我做杯鸡尾酒。”少校说。

“我突然就好。”阿纳克莱托说。他很清楚“突然”不能用来代替“马上”，因为他和兰登太太一样，讲一口优雅、漂亮的英语。他故犯此错，只为把少校搞得更晕乎。“等我备好托盘，再把艾利森夫人安顿舒适了，就立马给您做。”

按照少校的手表，准备这个托盘就花了三十八分钟。小菲律宾人轻盈活泼地在厨房里一阵忙乎，又从餐厅拿来一盆花。少校在一边看着，毛茸茸的双手叉在腰上。自始至终，阿纳克莱托在快活地喃喃自语。少校听到什么鲁道夫·塞金先生，还有一只猫在糖果店里转悠，毛发粘上了花生脆糖渣。这期间，少校给自己调制了酒，又煎了两个鸡蛋。等这三十八分钟的托盘准备完毕后，阿纳克莱托两脚交叉，站

---

①②③ 原文为法语。

在那里，手端托盘举在脑后，身体缓缓地摇摆着。

“天啊！你真是个奇葩，”少校说，“如果我能把你弄进我的营里，我还有啥不能办的？”

小菲律宾人耸耸肩膀。大家都知道，他认为主在造人时犯了严重的错误，他自己和艾利森夫人除外——此外还有那些舞台聚光灯后的人、侏儒、伟大的艺术家，以及诸如传奇人物等。他沾沾自喜地低头欣赏着托盘。上面有一块黄色亚麻布、一个盛着热水的褐色陶壶、肉汤盅和两块浓缩肉汤冻。盘中右角放着一只蓝色的中国小饭碗，碗里是一束柔毛米迦勒节雏菊[1]。阿纳克莱托伸手小心翼翼地折下三朵蓝色花瓣，放在黄色餐巾布上。其实，今晚他并不是像他表现的那么快活。他时而露出焦虑的眼神，又不时地用微妙和指责的眼光迅速地瞪少校一眼。

“我来把托盘送上去。”少校说，因为他明白，不在乎她能吃多少，这一举动能让妻子高兴起来，他兴许会赢得好感。

艾利森靠坐在床上看书。她戴着花镜，一张脸上似乎只有鼻子和眼睛了，嘴角两侧有几块病态的乌青。她穿了一件白色亚麻睡袍和暖玫瑰色天鹅绒外套。屋里异常清静，炉中火在燃烧。没有几件家具，松软的灰色地毯和水红色窗帘，显得房间风格质朴、简洁。艾利森喝汤时，少校无聊地坐在床边的椅子上，主动找话说。阿纳克莱托在床旁边轻轻地摸摸这，弄弄那，还一边吹着口哨，节奏明快，旋律忧

---

① 该植物因在米迦勒节前后开花而得名。

伤、清晰。

“嗨，艾利森夫人！”他突然说，“您这会儿不难受吧？我想和您说件事。”

她放下汤盅，摘了眼镜。“当然，什么事？”

“这个！”阿纳克莱托把脚凳放在床边，急忙从口袋里掏出一些碎布头。“这些样品是我给咱们订的，拿来您先看看。现在想起两年前，咱们在纽约市经过一家佩克 & 佩克店的橱窗时，我指着一件小礼服给您看。”他挑出其中一块样品，递给她。“这地布料做出来会和那款一模一样的。”

“可是我不需要礼服啊，阿纳克莱托。”她说。

“哦，您需要的！您有一年多没买衣服了，那件绿色连衣裙的胳膊肘处已经磨旧了①，该捐给救世军②了。”

阿纳克莱托说出这个法语词时，暗自极其得意地用怨恨的眼神瞥了少校一眼。在这安静的房间里听他俩说话，少校总感到阴森恐惧。他们的声音和吐字如出一辙，听着犹如彼此幽幽的回声。唯一的区别是阿纳克莱托说起话来叽叽喳喳、气喘吁吁的，而艾利森的声音平缓、冷静、淡然。

“多少钱？”她问。

“不便宜。不过一分价钱一分货，好衣服穿的时间也长。”

---

① 原文为法语。

② 此处指救世军，一个成立于 1865 年的基督教教派，以街头布道和慈善活动、社会服务著称。全世界有几千个分部，成员 200 万人，以美国较多。

艾利森继续看她的书。“想想再说吧。”

“天啊，直接去买了就行了。”少校说。他听见艾利森斤斤计较就心烦。

“那买的时候可以多要一码，我来顺便做一件上衣。”阿纳克莱托说。

“好的，如果我决定要买的话。”

阿纳克莱托给艾利森倒好了药，在她喝药时，给她做了个鬼脸，然后把一个电热垫子放在她背后，又给她梳了梳头发。往外走时，经过壁橱门上的穿衣镜，他不由得停下脚，在镜前打量着自己，绷直脚尖，歪着脑袋。

他又向艾利森转过脸来，吹起了口哨。“那个曲子是什么来着？就是上周四下午，您和魏因切克中尉弹的那个。”

“弗兰克 A 大调奏鸣曲 ① 的开始小节。”

“听我说！”阿纳克莱托兴奋地说，“此刻，这个曲子给了我创作一部芭蕾舞剧的灵感。黑色天鹅绒幕布，如冬日黄昏般微黄的灯光。全体演员，缓缓起舞。接着是聚光灯下的独舞，火焰般热烈——太精彩了，还有谢尔盖·拉赫玛尼诺夫先生 ② 演奏的华尔兹。然后，终曲又回到弗兰克的曲子，就在这一刻——”他奇特、明亮的眼睛看着艾利森，“醉啦！”

---

① 法国著名作曲家塞萨尔·弗兰克（César Franck，1822—1890）的《A 大调小提琴奏鸣曲》是其最著名的作品之一。

② 全名谢尔盖·瓦西里耶维奇·拉赫玛尼诺夫（Sergei Rachmaninoff，1873—1943），20 世纪世界古典音乐作曲家、钢琴演奏家、指挥家。

他说着就舞了起来。一年前他迷上了俄罗斯芭蕾舞，至今余兴未尽。他对每一个技巧、每一个姿势绝不马虎，在灰色的地毯上动作僵硬地来回跳动，缓慢停下，最后，穿着凉鞋的双脚交叉站稳，手指尖合拢，摆出一副沉思的样子。突然，他又欢快地旋转起来，进入一小段激情独舞。看他满面春风的样子，显然自以为是在大舞台上演出，成为炫目场面里的众目所瞩。艾利森分明也很开心。少校则疑惑反感地朝他俩挨个望去。舞蹈的结尾动作是开场动作的醉酒搞笑版。阿纳克莱托结束的小造型有些怪异，他一手托着另一只胳膊肘，拳头抵腮，表情困惑、不悦。

艾利森禁不住大笑起来。“非常好！非常好！阿纳克莱托！”

他们一同大笑起来，小菲律宾人靠在门上，有点头晕眼花，但很开心。待终于喘过气来，他惊叹地叫道，“您没有发现‘非常好’和‘阿纳克莱托’是神配？”

艾利森止住笑，若有所思地点点头。“确实是，阿纳克莱托，好多次我都注意到了。”

小菲律宾人在门口犹豫了一下。他环视房间，确认不需要什么了。然后看着她，眼神突然变得机警又十分悲伤。“有事就叫我啊。”他简短地说。

他们听到他慢慢地走下楼梯，接着加快了脚步跳着下去，最后几个台阶他一定是一步跨得太多了，因为突然听到咕咚一声。少校走到楼梯口时，阿纳克莱托正勇敢、体面地爬起来。

“他摔伤了吗？”艾利森紧张地问。

阿纳克莱托抬头看着少校，眼里含着愤怒的泪水。“我没事，艾利森夫人。”他大声说道。

少校身子前倾，一字一字、无声地嚅动着嘴巴，为了让阿纳克莱托能明白他的意思，“我——希——望——你——摔——断——你——的——脖——子。”

阿纳克莱托微笑着，耸耸肩，一瘸一拐地进了餐厅。少校回到妻子的房间，见她在看书。她并没有抬头看他，于是他走过大厅进了自己的房间，砰地一声把门关上。他的房间不大，相当乱，唯一的装饰是他在马术表演上荣获的几个奖杯。床头柜上放着一本翻开的书——一本深奥难懂的文学作品，书里夹了一根火柴棍，标明阅读进度。他读了约四十页了，差不多一个晚上的阅读量，于是又把火柴夹在新的一页。然后，从衣柜抽屉里的一摞衬衣下面，拿出一本低级庸俗杂志，名为《科学化》。他安逸地躺在床上，看起了关于疯狂的超级星球大战的文章。

在大厅对面，和他房间对着，他妻子放下书，半躺半坐在床上。她的脸因痛苦而僵硬，闪亮的黑眼睛不安地环视四周墙壁。她在为下一步做打算，她要和莫里斯离婚，确定无疑。可是她该怎样着手去办呢？特别是她和阿纳克莱托将如何生存？她一贯看不起没有孩子的离婚女人接受赡养费，她留给自己的最后一点尊严就是离开他以后，不会，也不可能靠他的钱生活。可是，他们又能做什么呢——她和阿纳克莱托？在结婚前的一年里，她曾在一所女子学校教拉丁文，然而，就她眼下这身体状况，去教书是不现实的。在哪里开个书店？必须得是在她生病期间阿纳克莱托能自己打理的事。他们两人是否有可能经营一条捕虾船？有一次她曾在岸上和几个捕虾的渔民聊过。那天，她在海边度过了美好的一天，黄金海岸，海天相连，蔚蓝一片，从渔民那里她还了解到很多情况。以后，白天她可以和阿纳克莱托在海上荡漾、撒网，清凉的海风略带点咸味，她们享受着大海的恩赐和阳光的沐浴——艾利森躺在枕头上，头不停地转来转去。那样又会多庸俗啊！

八个月前，得知丈夫出轨，她大吃一惊。她和魏因切克中尉还有阿纳克莱托一起去城里听音乐会、看剧，打算在外住两天两夜。因第二天她发烧了，于是他们决定回家。傍晚，阿纳克莱托在前门口先把她放下，自己去车库里停车。她站在房前的便道上欣赏着植物。家里几乎漆黑一片，只有她丈夫的房间里亮着灯。前门锁上了，她站在那里看到莉奥诺拉的外套挂在厅里的衣柜上。她暗自心想，既然彭德顿夫妇在里面，前门竟然还锁着，太奇怪了。她想到，也许他们在厨房里调酒，而莫里斯在洗澡。她绕到房后，正要进去时，阿纳克莱托冲下楼梯，小脸上露出如此惊骇的表情！他小声说，他们把东西落在十英里外的城里了，必须回去取。她茫然地往台阶上走，却被阿纳克莱托一把拽住胳膊，他平淡而惊恐地说："您现在千万不能进去，艾利森夫人。"

这对她来说犹如晴天霹雳。她和阿纳克莱托又回到车里，离开了。在自己家里发生这种事，她咽不下这耻辱。他们到了前哨减速时，真不凑巧，又偏偏遇上一个新士兵在站岗，他不认识他们，就拦住了车。他往小车里瞧了瞧，像是他们在里面藏了机枪似的，接着又盯着阿纳克莱托看，他当时穿了件时髦的深橙黄色夹克，都快要哭出来了。士兵用一种不相信他们中会有谁能捏造出一个名字的语气，让她们报上名字来。

她永远也忘不了士兵的那张脸。此刻，她不愿说出丈夫的名字。那年轻的士兵就等待着，目不转睛地看着，一声不吭。后来，她开车去接莫里斯时，在马厩见到他。他具有高更[①]描绘的土族人的脸部特征，神情古怪、专注。他们相互对视了约有一分钟，直到最后过来了一位军官。

她和阿纳克莱托在严寒中行驶了三个小时，一路沉默不语。在此之后，她晚上生病和烦躁时想好的计划，到了第二天天一亮，都显得愚蠢至极。那晚，她从彭德顿家跑回自己家，做出了那件可怕的事。她看见墙上的园林大剪刀，因当时气得发疯，绝望中，她用剪刀刺向自己，想一死了之。不曾想那剪刀太钝了。接下来的几分钟里，她一定是神志不清了，连她自己都不知道怎么会出那样的事。艾利森感到不寒而栗，把脸埋进手里。听到丈夫打开他的房门，把靴子放在门外的厅里，她匆匆熄了灯。

少校看完杂志，又把它放回到抽屉里藏起来。他最后喝了口酒，然后舒服地仰卧在床上，眼望黑夜。第一次邂逅莉奥诺拉让他记起了什么？那是在宝宝离世一年以后，整整十二个月，艾利森不是住院就是围着屋子丧胆游魂似地走来走去。就在他刚来驻地的头一个星期

---

① 保罗·高更（Paul Gauguin，1848—1903），法国后印象派画家、雕塑家，与梵高、塞尚并称为后印象派三大巨匠。

里，在马厩他遇见了莉奥诺拉，她主动提出带他去周围转转。他们离开跑马道，开心地飞驰起来。当他们系上马打算歇口气时，莉奥诺拉在附近看见了一些黑莓灌木丛，她说要多摘些回去做酥皮水果馅饼晚饭时吃。天啊！他们一起在这些灌木丛里摸来爬去，用他的帽子装满了果子。第一次就这样发生了，在早晨九点，他们见面才两个小时！即使现在他都不敢相信。可当时他是什么感觉？哦，是的——感觉像是在野外进行军事演习，遇上寒冷阴雨的夜晚，在漏雨的帐篷里哆嗦了一个通宵。第二天黎明起来，雨过天晴，又见日出，望着英俊的战士们在营火上煮咖啡，火花飞上白色的晴空。那是一种奇妙的感觉——人世间最美好的感觉！

少校心虚地痴笑起来，把头埋进被单里，瞬间就打上呼噜了。

*

十二点半，彭德顿上尉独自在书房，烦躁不安。他在撰写一本专著，那天晚上进展甚微。他喝了不少的葡萄酒和茶水，抽了几十支烟。最终干脆彻底放下笔不写了，此刻正在房间里心神不定地走来走去。有些时候，男人最大的需求是去爱一个人，为他散射的情感聚焦。也有时候，当人生中的烦扰、失望和惧怕犹如精子不能控制时，则必须以仇恨的方式宣泄。不幸的上尉却无人可恨，近几个月来他内心痛苦不已。

艾利森·兰登，那个大鼻子女约伯[①]，还有她那讨厌的菲律宾佣

① 圣经中的人物，以虔诚和忍耐著称，受魔鬼攻击，变得又穷又病。

人——这两个人都令他厌恶。可是，他却无法恨艾利森，因为她不给机会。欠她的一份人情成了抹不掉的心病。她是这世界上唯一知道他天性里一个死穴的人；彭德顿上尉有偷窃倾向，在别人家里见到喜欢的物品，就想拿走，他一直在不懈地遏制这一冲动，幸好，这个毛病只有两次占了上风。在他还是个七岁的孩子时，他迷恋上了曾打过他一次的校园恶霸，就从姑妈的梳妆台上偷偷拿走了一个老式的储发罐[①]，作为爱的礼物送给了那人。时隔二十七年，在驻地这里，上尉再次屈服于冲动。

在一个年轻的新娘举办的晚宴上，他全然为一件银器所迷住，就把它装进口袋里带回家了。那是一款别致、漂亮的小点心匙，雕刻精巧细致，古香古色的。上尉对它如醉如痴（其余的银器都很一般），终究没能抵得住诱惑。他动作娴熟、安全地把赃物装进口袋后，才意识到在他旁边的艾利森目睹了他这一偷窃行为。她惊愕失色，直勾勾地盯着他的脸。即使现在他想起那情景就不寒而栗。她惊恐地盯着他看了很久，突然放声大笑起来——没错，是大笑。她笑大劲了，把自己呛着了，有人赶紧给她拍拍后背。最后，她借故走了。那一晚他备受煎熬，每次看她时，她冲他嘲弄地一笑。从那时起，每次他来她家里吃饭，她都留神地看紧他。至今，他用丝手帕精心地包好那把点心匙，同其他收藏物一起雪藏在壁橱的盒子里。

然而，尽管如此，他却无法恨艾利森，也不能真的恨他的妻子。

---

① 维多利亚时代的一种小罐子，盖上带眼，放在梳妆台上，用于储存从刷子或梳子上取下来的头发。

莉奥诺拉气得他发疯，纵使阵阵妒火中烧，他也无法恨她，就像他不恨猫、马，或幼虎一样。上尉在书房里踱来踱去，烦躁得甚至踢了门一脚。如果艾利森最终决定和莫里斯离婚，将会是什么情况？他不敢设想这种可能，一想到自己将被落单，心里难过极了。

上尉似乎听到了什么声音，怔了一下。屋里寂静无声。之前提到过，上尉是个胆小鬼，他一人独处时，有时会无缘无故地感到惧怕。此刻，他站在安静的房间里，似乎紧张与苦恼，并非由他自己和他人的内在力所致，那些他多少能够掌控的因素——而是某种危险的外部诱因，他只可意会的一种模糊感觉。上尉害怕地环视了房间四周。然后收拾了书桌，打开房门。

莉奥诺拉已经在客厅壁炉前的小地毯上睡着了。上尉低下头去看她，自己笑了起来。她翻了个身，侧身躺着，他对着她的屁股轻轻踢了一脚。她咕噜了一句，像是说做火鸡用的填料，但并没有醒来。上尉弯下身去摇她，冲着她大声说话，好歹让她站了起来。可是，仿佛孩子在晚上被叫醒并带去洗手间，迷迷糊糊地完成睡觉前的最后一桩事，莉奥诺拉有着站立也能睡觉的本事。上尉费力地拉着她上楼梯，她连眼也不睁，嘴里还在咕噜着火鸡的事。

“我要是给你脱衣服，我就不是人。”上尉说。

他把她弄在床上坐着，她就坐在那里不动。他看了她几分钟后，不禁又笑了起来，还是给她脱去了衣服。没给她穿睡袍，因衣柜的抽屉里凌乱不堪，他没找到。况且，莉奥诺拉总是喜欢“裸”睡，她自己是这么说的。她躺下后，上尉走到墙上的一幅照片前，多年来，他看到这张照片就会忍俊不禁。照片上是一个大约十七岁的女孩子，底边写着感人的题字："送给莉奥诺拉——爱你的坏女孩。"这张杰作十多年来一直装点着莉奥诺拉卧室的墙壁，跟随他们转战了半个地球。可是当问起她关于这个曾和她在一个寄宿学校同为室友的"坏女孩"时，她讷讷地说似乎多年前就听说"坏女孩"已溺水身亡了。说真的，他发现若是刨根问底的话，她甚至连这个"坏女孩"的真实姓名都不记得了。至今，仅仅是习惯而已，这张照片一直在墙上挂了十一个年头。上尉又看了一眼熟睡中的妻子。她是热性体质，被子都推到她裸露的乳房下面了。睡梦中她也在微笑，上尉猜想此刻她一定在梦中享用自己做的美味火鸡。

上尉服用速可眠，因长期服用，一粒已经对他没有效果了。他想，步兵学校的工作本身就辛苦，若再长夜难寐，次日早晨起床头昏脑涨，那他一定会吃不消的。吃速可眠量小的话，就睡不沉，睡不久，且多梦。今夜他决定加到三倍的剂量，他知道立马就能酣睡如泥，睡上六七个小时。上尉吞下胶囊，在黑暗中躺下，期待进入梦乡。这个剂量的药带给他一种独特、逸乐的感觉；仿佛一只大黑鸟落在他胸口上，泛着凶光的金色眼睛瞧了他一眼，不知不觉地将他的身体包裹在它的黑色翅膀下。

*

二等兵威廉斯在屋外等待着，直到熄灯后近两个小时。星星暗淡了，漆黑的夜色变成了深紫罗兰色。只有猎户星座灿烂依旧，北斗七星闪烁着熠熠的光彩。士兵绕到房子后面，悄悄地试推了下纱门。门从里面被反扣上了，他料想到了会是这样。但是，门闩有点松，他把小刀的刀刃从门缝插进去，就把门闩抬起来了。后门原本就没锁。

进屋后，士兵先等了片刻。屋里一片漆黑，静悄悄的。他瞪着一双发呆的大眼睛朝四周看了看，渐渐地适应了黑暗。室内格局他早已熟知。狭长的前厅和楼梯把屋子间隔开来，一边是大客厅，再往后是佣人的房间。另一边是餐厅、上尉的书房和厨房。楼上右手边是一间双人卧室和一个小房间，左手边是两间中等大小的卧室。上尉住在那个大房间里，他妻子睡在穿过大厅与他相对的房间里。士兵轻手轻脚地走上铺着地毯的楼梯，动作从容镇定。“夫人”的房门没关，他走到门口，毫不迟疑，像猫一样轻巧无声地踏进屋里。

绿色朦胧的月光洒满房间。从丈夫离开后，上尉的妻子一直在熟睡。她松软的头发随意地散落在枕头上，随着均匀的呼吸，半裸的胸脯轻轻地起伏着。黄色的丝绸被罩铺在床上，一瓶香水打开了盖，香味四处飘逸，催人入眠。士兵十分缓慢、蹑手蹑脚地走到床边，朝上尉的妻子弯下身去。柔和的月光照在他们的脸上，他把身子贴得很近，已能感觉到她温暖、匀和的气息。士兵阴郁的眼睛先是凝神、好奇地注视着，但随后，他那沉重的面庞忽现幸福感被唤醒的神情。年轻士兵在内心感觉到有生以来第一次感知的既强烈又奇特的温情。

他俯身贴近上尉的妻子，就这样站了一会儿。然后，他手扶窗台，稳住身体，又慢慢地在床边蹲下。他用宽厚的前脚掌内侧支撑着身体，保持平衡，后背挺直，小巧而有力的双手搭在膝上，一双眼睛圆溜溜的宛如琥珀纽扣，刘海儿乱蓬蓬地贴在脑门上。

以前曾有过几次，二等兵威廉斯的脸上洋溢着这种被唤醒的幸福表情，只是当时驻地里没有人看见。倘若那一刻有见证人，他就会受到军法审判。其实，有时候士兵并不是长时间独自在保护区森林里漫步。在下午工作时间来这儿时，他都是从马厩牵走一匹马。从驻地到一个隐蔽的地方，骑马大约五英里的路。到这里来不容易，因为走哪条路都不近。林中有一块空旷的平地，长满了一种发亮的青铜色杂草。在这荒僻之地，士兵总是卸下马鞍，放任它自由。然后，自己脱掉衣服，躺在空地中央一块扁平的巨石上。有一样东西他没有不行——阳光。即使三九严寒，他也常常赤身露体，静静地躺着，让阳光沁入肉体。有时，他没穿衣服站在巨石上，然后又溜到未装马鞍的马背上。他的马是普通的驯良军马，始终保持着两种步法——笨拙的小跑和木马式的奔驰，唯独在士兵的手下，它变得不可思议；不论它是慢跑或是伸长快步跑，都呈现出骄傲、顽强的优雅姿态。士兵挺直了身体，他身上的肤色是浅金褐色，光着身子的他看上去精瘦，两肋弓形的轮廓一目了然。他在阳光下慢跑，唇上挂着性感、粗鲁的笑容，若是撞上营房的战友，定会令他们惊讶不已。如此远足结束后，他回到马厩，疲乏无力，不想开口讲话。

在“夫人”的卧室里，二等兵威廉斯蹲在床边直到黎明时分。他纹丝不动、屏声敛息、目不转睛地看着上尉妻子的玉体。天已破晓，他再次手扶窗台，平稳身体，轻轻地站起来。他走下楼梯，从后门出去，小心翼翼地随手把门关上。天空变成了浅蓝色，金星在渐渐隐退。

第三章

艾利森·兰登熬过了痛苦的一夜，她熬到晨曦初露，起床号吹响，才睡了一会儿。在这漫长的黑夜里，各种离奇的想法让她心烦意乱。就在拂晓时，她甚至想象，且把握十足地确信，她看到一个人从彭德顿家里走出来，进了树林。可是，她好不容易刚睡着，却又被一阵吵闹声惊醒。她急忙穿上睡衣，走下楼去，眼前的一幕令她觉得既吃惊又滑稽可笑。她丈夫正围着餐桌转圈儿地追着阿纳克莱托跑，手里还举了一只靴子。他脚上只穿着袜子，不然倒可以说他已穿戴好了全副军装，因为周六早晨有检阅。在追撵时，他的剑撞到大腿上。两人一看见她，立刻停了下来。阿纳克莱托连忙躲到她身后去。

“他是故意的！”少校火冒三丈地说，“我已经晚了。六百人在等着我。你看，你看看，他拿给我的是啥！”

靴子的确惨不忍睹，看着像是用面粉和水擦过一遍似的。她责怪了阿纳克莱托，并站在一旁监督他直到把鞋擦干净了。他伤心地流着泪，但她沉住气不去安慰他。干完后，阿纳克莱托嘟囔说要离家出走，到魁北克去开个亚麻布店。她提着擦亮的靴子走到丈夫跟前，递给了他，面带关怀的神情，却没作声。接着，她又回到床上继续看书，因心脏有些不适。

阿纳克莱托给她送来咖啡，又开车去了驻地的合作社买些星期天需要的物品。到了后半晌，她看完书，向窗外望着这个晴朗的秋日，这时，他又来到房间，看上去很欢快，已经完全忘了因靴子而受责的事。他把火生得很旺，然后轻轻地拉开衣柜最上面的抽屉，在里面胡乱翻了几下。他拿出一个小巧的水晶打火机，那是她用一个老式的香料饰盒做的。他对这个小饰物十分着迷，所以几年前她就送给了他。可是，他依然放在这里，和她的其他物品放在一起，以便随时想开抽屉时也算师出有名。他借用她的眼镜，盯着五斗橱上那块亚麻台布看了许久，又用拇指和食指捏起不显眼的赃物，小心翼翼地捏着扔进了废纸篓里。他在喋喋不休地自言自语，她却不予理睬。

假如她撒手人寰，阿纳克莱托往后将会怎样？她为这个问题经常愁眉不展。当然，莫里斯向她保证过，永远不会让他缺吃少穿，可是，他若续弦的话，这个承诺的价值何在？他是铁定会再娶的。她仍记得七年前在菲律宾时，阿纳克莱托刚到她家的情景，当时他是多么可怜、奇怪的一个小男孩啊！因备受其他男仆的欺辱，他整天寸步不离地跟着她。已经十七岁了，可是一脸病容、惊恐和聪明相的他却带着十岁孩子天真的表情。她们准备返回美国时，他央求她带他一起走，她答应了。在这人世间，也许她和阿纳克莱托两个人能找到一种甘苦与共的方式——要是她先走了，他可怎么办呢？

“阿纳克莱托，你开心吗？”她猛然问道。

这个小菲律宾人从不为任何突如其来的、贴心的问题而手足无措。“哎呀，当然啦，”他不加思考地脱口而出，“在您身体健康时。”

阳光和炉火把房间照得通明。彩色光带像妖娆的少女，在墙上跳动着艳丽的舞蹈，她凝神望着墙上，漫不经心地听着阿纳克莱托喃喃自语。“我觉得，要弄清楚他们是否知道，相当困难。”他说。他经常这样含糊神秘地先开口和她谈论事情，所以她等着听明白他的意思了再回应。“我是服伺您很久之后才真的相信您知道了。现在，除了谢尔盖·拉赫玛尼诺夫先生，我可以相信每一个人。”

她朝他转过脸去。“你在说什么？”

“艾利森夫人，”他说，“您自己真的相信谢尔盖·拉赫玛尼诺夫先生知道椅子是用来坐的、时钟是告诉人时间的吗？我若是脱下鞋子，举到他面前说：‘这是什么，谢尔盖·拉赫玛尼诺夫先生？’他也和别人一样回答说：‘啊，阿纳克莱托，那是一只鞋啊。’我难以想象。”

他们最后一次听的音乐会是拉赫玛尼诺夫的独奏，所以，阿纳克莱托认为那是最好的。她个人对拥挤的音乐厅倒是不感兴趣，宁愿花钱买些唱片——但偶尔离开下驻地也不错，而且，这些短途出行是阿纳克莱托的人生乐趣，原因之一就是他们要在酒店住一夜，那对他而言就是欢欣若狂的喜悦。

“我把您的枕头给拍打一下，您会觉得更舒服些吗？”阿纳克莱托问道。

还有最后那场音乐会当晚的晚餐！阿纳克莱托身穿橙色天鹅绒短上衣，洋洋自得地跟在她身后颠颠儿地走进酒店餐厅。轮到他点菜时，他把菜单举到面前，紧闭双眼，然后用法语点菜，这让黑人男服务员惊奇不已。她真想笑出来，但还是忍住了，只好郑重其事地为他翻译，俨然是他的家庭女教师或侍女。因为词汇量有限，他点的那顿晚餐格外特别。他是按照课本上学过的题为“菜园[①]”的一课里面的词汇，只点了卷心菜、四季豆和胡萝卜。所以，当她做主又给他加了一个鸡肉时，阿纳克莱托睁开眼睛，深深地看了她一会儿，对她充满感激之情。那些身穿白色工作服的服务员们纷纷过来围观，阿纳克莱托极度亢奋，点的饭菜一口也没顾上吃。

“我们来听点音乐吧，”她说，“一起听听勃拉姆斯[②]的G小调四重奏。”

“很著名的[③]。”阿纳克莱托说。

他放上第一张唱片，然后坐在炉火边的脚凳上听了起来。第一乐章是钢琴与弦乐组演奏的美妙对话。还没听完，突然门外有人敲门。阿纳克莱托和厅里的什么人说了句话，又把门关上，把留声机也

---

① 原文为法语。

② 约翰内斯·勃拉姆斯（Johannes Brahms，1833—1897），德国古典主义最后的作曲家，浪漫主义中期作曲家，一些评论家将他与巴赫、贝多芬排列在一起称为三B。

③ 原文为法语。

关了。

“彭德顿太太，”他竖起眉毛低声说。

“我知道，我在楼下敲门就是敲到死，只要放着音乐，你们永远也不会听见的。”莉奥诺拉说着进了房间。她一屁股重重地坐在床尾，感觉像是压断了一根弹簧似的。随后又想到艾利森身体不舒服，莉奥诺拉也故作一脸病容，她认为这才是在病房里得体的行为举止。“你看今晚能去吗？”

“去干啥？”

“哎呀，天哪，艾利森！我的派对啊！我辛辛苦苦忙乎了三天，全部都准备好了。这样的派对，我一年才会办两次。”

“当然能了，”艾利森说，“我只是一时忘了而已。”

“你听我说！”莉奥诺拉说道，她那鲜润的脸上忽然放射出期待的光焰。“你现在能去我厨房看看就好了。我是这样安排的。我把餐桌折叠的四边全都撑开了，大家围绕着随意自助取食。我准备了两三个弗吉尼亚火腿、一只超大的火鸡、炸鸡、切片冷盘猪肉、好多烤排骨和各种小菜，有腌洋葱、橄榄和小萝卜，还有热面包卷和小奶酪饼干可以品尝。桌角放着潘趣酒碗①，有人想单独饮用威士忌的话，餐柜里有八夸脱②肯塔基波本威士忌③、五夸脱黑麦威士忌④，和五夸脱苏

① 也作潘趣酒调和碗。潘趣酒，一种用酒、果汁和牛奶等调和的饮料。
② 液量单位，等于 1/4 加仑（gallon），约 0.95 升（美制）或 1.14 升（英制）。
③ 也作波旁威士忌，五种常见的威士忌类型之一。波旁是美国肯塔基州的一个地名。
④ 所有威士忌酒中最复杂的一种，是五种常见的威士忌类型之一。

格兰威士忌[1]。另有一位艺人从城里来表演拉手风琴。”

“可是有谁能吃完那么多东西啊？”艾利森问，因反胃，她微微吞咽了一口。

“所有的来客呀，”莉奥诺拉兴奋地说，“我从‘老甜心’的太太开始，挨着个给大家打了一遍电话。”

“老甜心”是莉奥诺拉对驻地司令员的称呼，她当面也这么叫他。在将军面前，和在所有男人面前一样，她举止轻浮、暧昧，而将军也和驻地大多军官一样，对她只有惟命是从。将军的妻子膀大腰圆，行动迟缓，说起话来滔滔不绝，显得完全格格不入。

“我今早过来有一事相问，”莉奥诺拉说，“不知阿纳克莱托能否去帮我给倒下潘趣酒。”

“他会乐意帮你的。”艾利森代他回答说。

阿纳克莱托站在门口，看上去并不情愿的样子。他用埋怨的目光扫了一眼艾利森，然后下楼去忙乎午饭。

“祖西的两个兄弟在厨房帮忙，还有，我的天，那帮人怎么那么能吃！我从没见识过，简直是绝无仅有啊！我们——”

“说到祖西，”艾利森说，“她结婚了吗？”

“天哪，没有啊！她不愿与男人有任何交往。十四岁时，她被捉住过一次，从此心里留下阴影。怎么问起这个了？”

“我只是奇怪，因为我几乎肯定，昨天深夜看见一个人从你家后

① 100% 酿制并熟成于苏格兰，是五种常见的威士忌类型之一。

门进去，天亮前又出来了。”

“你那只是幻觉。”莉奥诺拉平静地说。她认为艾利森精神严重失常，甚至连她说的最平常的话都不肯相信。

“也许吧。”

莉奥诺拉感到无聊，准备回家了。可又觉得拜访邻居不应少于一个小时，于是，只好硬忍着再多待一会儿。她长叹了一声，极力表现出身体也有所不适的样子。在没有被美食和运动的想法弄得忘乎所以时，她认为在病房里聊聊其他疾病才是得体的话题。同所有弱智者一样，她偏好阴森可怕之事，对此她任凭自己沉溺于其中，或随意将其抛之脑后。她的全部悲剧故事多半是关于暴力狩猎的事故。

“我给你讲过一个十三岁女孩儿的事吧？她和我们一起去猎狐，帮着赶猎狗，结果摔断了脖子。”

“讲过了，莉奥诺拉，”艾利森强忍恼怒地说道，“每一个恐怖的细节你都讲过五遍了。”

“是不是吓着你了？”

“毛骨悚然。”

“嗯——”莉奥诺拉说。对这冷冰冰的回答，她没有丝毫的不快。她平静地点上一支烟。“不管谁说猎狐就是这样，你都不要听。我知道的。我猎狐有两种办法。听我说，艾利森！”她像是在和小孩子说话似的，嘴型故作夸张，有意带着壮胆的语气。“你知道怎么猎捕负鼠吗？”

艾利森敷衍地点了点头，又整理了一下床罩。“你把它们赶上树。”

“徒步，”莉奥诺拉说，“这才是猎狐的办法。我的这个叔叔在山里有个小屋，我和兄弟们曾常去那里看他。我们六人经常带上猎狗在太阳下山后寒冷的晚上出发。一个黑人男孩背上一壶优质玉米威士忌紧跟在后面。有时我们整夜都在山里追赶狐狸。哎呀，我都不知怎么给你说才好，反正——”莉奥诺拉无法用言语表达她心里的感受。

“早晨六点钟喝下最后一口酒，然后坐下来吃早饭。天啊！人人都说我这个叔叔古怪，可他着实给准备了丰盛的一桌。狩猎结束后，我们来到餐桌前，桌上摆满了鱼子、烤火腿、炸鸡、像手那么大的软烤饼——”

莉奥诺拉终于走了，艾利森感到哭笑不得，她一会儿哭又一会儿笑，有点神经质。阿纳克莱托走过来，在床尾莉奥诺拉坐过的地方认真地拍打着塌陷的凹坑。

“我要和少校离婚，阿纳克莱托。”她停止大笑，突然说道，“今晚我就通知他。”

从阿纳克莱托的表情，她看不出他对此是否感到惊讶。他等了一会，问道：“那以后我们去哪呢，艾利森夫人？”

她脑海里闪过一连串的计划，都是她在夜不能眠时盘算的——在一个大学城里教拉丁文、捕虾、阿纳克莱托出去做苦工，她自己坐在公寓里接点针线活干——但她却只说了一句：“那个，我还没想好。”

“我不知道，”阿纳克莱托若有所思地说，“那彭德顿夫妇会怎样。”

“你不用管那些，与我们无关。”

阿纳克莱托的小脸上一副忧郁、沉思的表情。他站在那儿，双手搭在床尾板上。她感觉到他还想问什么，就抬起头看着他，等待他的问题。末了，他满怀希望地问：“您说我们可能会住酒店吗？”

*

下午，彭德顿上尉像往常一样来到马厩，准备骑马。二等兵威廉斯仍在当班，尽管四点他就可以走了。上尉和这个年轻士兵说话时，眼睛并没看他，音调很高，流露出傲慢的语气。

“给彭德顿太太的马，‘火鸟’套上鞍子。”

威廉斯站在那里纹丝不动，两眼盯着上尉苍白、绷紧的脸。“上尉说？”

“‘火鸟’，”上尉重复道，“彭德顿太太的马。”

这个命令非比寻常；上尉之前共骑过三次“火鸟”，而且每次都有妻子陪伴。他自己没有专属的马，都是骑驻军的座驾。在外面院子里等候时，他的手在神经质地拉扯手套的指头。“火鸟”被牵了出来，他并不满意，原来威廉斯给装的是彭德顿太太那个面平的英式马鞍，而上尉更喜欢军用麦克莱伦式马鞍[1]。更换马鞍时，上尉看着马紫色的圆眼睛，看到那晶亮的眼中映出自己满脸恐惧的影像。威廉斯手执辔头，他跨上马背。坐在马鞍上的他精神紧张，咬紧了牙关，双膝拼

① 英式马鞍和西部马鞍（中世纪从西班牙的一种马鞍演变而来）的结合体，现在几乎绝迹。

命地挟住马鞍。士兵依旧抓着辔头，站在原地愣神发呆。

等了片刻，上尉说：

“喂，二等兵，你看见我已经坐好了，松开缰绳！”

二等兵威廉斯后退了几步。上尉握紧缰绳，大腿用力夹紧。马纹丝不动，它并没有像每日早晨彭德顿太太拉缰绳时那样咬紧嚼子，向前飞奔，而是在静候出发的信号。上尉意识到了这一点，他突发坏笑，立刻精神焕发。“呵，”他想，“它这是被挫了锐气，我就知道她会的。”上尉踩稳脚蹬，扬起短鞭，策马启程。他们在马道上飞驰起来。

晴朗的午后，阳光明媚，清新的空气中弥漫着松树与腐叶散发的气味，清香里夹杂着苦涩。辽远深邃的蓝天万里无云。因早晨没有驯马，此时的马撒着欢儿地奔跑，似乎有点儿乐疯了。上尉清楚，倘若一出牧场就信马由缰，“火鸟”则会像大多数马一样难以驾驭。所以，他接下来的动作很是古怪。在他身体随着飞奔的骏马一起一伏了约四分之三英里后，未先收缰绳，他骤然猛地拉起马头。“火鸟”因这突如其来的剧烈动作而失去了平衡，狼狈地侧跨步，前蹄高扬。随后它静静地站稳，虽觉惊诧但却顺从了。上尉心满意足。

这一过程重复了两次。上尉先是任凭“火鸟”奔跑，尽享自由，接着又冷不防地将其束缚，予以压制。上尉的此举已不是什么新鲜事。平日里他时常有不少奇怪而隐秘的自虐小行为，都是他道不出的难言之隐。

重复第三次时，马儿依旧停下脚步，可是此刻却发生了变故，扰乱了上尉的心境，之前所有的满足感顷刻间消失得无影无踪。当他们俩独自在路上停稳时，马儿缓缓地转过头来，目光落在上尉的脸上。然后故意把头低低地垂向地面，耳朵倒向两侧。

上尉遽然感到自己会被甩出去，而且会被摔死。他对马总是抱有恐惧心理：把骑马仅仅看作是例行公事，也是一种自虐方式。他让士兵把太太那舒适的马鞍换成了笨重的麦克莱伦式马鞍，是为了出现紧急情况时，他可以把凸起的前鞍桥当抓手。此刻，他僵硬地坐着，尽力把马鞍和缰绳一起抓住。然而，突如其来的巨大恐慌令他提前放弃了所有的坚持，两只脚从马镫中滑了出来，双手举到面前，他向四周望了一下，看看会摔落何处。不过，这一软弱的表现只持续了片刻。当上尉意识到无论如何自己不会被甩出去时，一种强烈的胜利感油然而生。他又开始纵马疾驰。

这是一段平缓的上坡道，两旁树木林立。他们现在驶近了悬崖边，在这里，绵延几英里的保护区尽收眼底。极目远望，葱郁的松林在秋日晴空的映衬下犹似一条墨绿色绸带。被眼前的奇景所震撼，上尉决定在此稍停片刻，于是他收紧了缰绳。却不曾想事出不意，一件突发事件差点葬送了上尉的性命。到达山脊时，他仍在拼命策马前行。这时，马儿以魔鬼般的神速毫无预兆地突然向左急转，沿着路堤斜坡冲了下去。

惊愕中的上尉偏离了马鞍。他被甩向前去，趴在了马脖子上，双脚悬垂于马镫之外。还好，他设法撑住了自己，一只手抓住马鬃，另一只手无力地抓住缰绳，身体总算溜回到马鞍上。剩下的只有听天由命了。他们飞奔的速度令人眩晕，一睁开眼睛，他就头发晕。他无法稳坐马背，不能用缰绳使马儿从风而服。在命悬一线的瞬间，他心里清楚，即便是做到了也于事无补；他无力去阻止马的脚步。他身体的每一块肌肉、每一根神经都聚焦在唯一的心念：抓住、坚持。“火鸟”以其贵族纯血马的赛马跑速，疾风一样地飞驰在悬崖与森林之间的空旷草地上。阳光下绿草泛着红棕色，熠熠生辉。一转眼，上尉感到满目尽现绿色朦胧，他意识到他们已经沿着狭窄的小径进入了森林。尽管出了那片空阔地带，马儿似乎并没有放慢脚步。心惊胆落的上尉半蹲伏在马背上。他的左脸颊被树上的刺划破了，虽感觉不到疼，但他真真切切地看到鲜红的热血滴在了胳膊上。他伏身马背，右边脸蹭在“火鸟”颈部短硬的鬃毛上。怕被树枝划破，他不敢抬头，只有死命地抓住马鬃、缰绳和前鞍桥。

上尉的心里回响着三个字。气息奄奄的他已说不出声来，颤抖的双唇无声地翕动出三个字：“我完了。”

在放弃了生的希望之后，上尉竟突然开启了生存模式，顿时胸中涌起一阵巨大的狂喜。这种情绪如同脱缰的马猝然狂奔那般地突如其来，是上尉至今从未体验过的感受。他的眼睛犹如在昏迷中半闭半睁，呆滞无神，但却突然看到了过去从未见到过的景象。万花筒的世界多姿多彩，眼前处处美景都生动逼真地印在他的脑海里。地上一朵小花半掩在树叶下，洁白耀眼，玲珑剔透。一颗刺松果、一只在蓝天里迎风飞翔的鸟儿、一缕火红的阳光透过绿荫投下的光影——上尉见到的这一切，仿佛在他一生中是破天荒头一回。他闻到纯净空气的清新气味，他惊叹自己绷紧的身体和跳动的心脏，他感觉到鲜血、肌肉、神经和骨骼的神奇。至此，他无所惧怕；他神秘地体验到天人合一的禅境之美，他已升华到了珍贵的精神境界。侧身紧贴脱缰之马，那流血的嘴角荡漾起心醉神迷的笑容。

这次疯狂的乘骑花了多长时间，上尉或许永远不得而知。在结束之际，他清楚他们已经走出密林，正奔驰在开阔的平原上。他似乎侧目瞟见一个男人躺在石头上晒太阳，一匹马儿独自在一旁吃草。对此他不惊讶，转眼的工夫就给忘得一干二净了。眼下唯一令他担忧的是当他们再次进入森林后，马儿筋疲力尽，跑不动了。上尉吓得要命，心想："要是停在这里，我可就全完了。"

马儿累得减慢了速度改为小跑，最后干脆停下不动了。上尉抬起身子，坐在马鞍上四处环顾。他拿起缰绳赶马，他们踉踉跄跄地又朝前挪几步，之后就无奈再也拗不过它了。他摇晃着下了马，缓慢吃力地把马拴在树上，又从树上折下一根长树条，用尽余力，劈头盖脸抽打起马来。起初，马儿还倔强地围着树来回窜动，大口喘气，大汗淋漓，毛色因此而变得发深，顺滑的皮毛也打起了卷儿。上尉仍在不停地抽打，直到马儿终于杵在那里，一声悲叹，一动不动。脚下的松枝被一摊汗水浸染得发黑，马儿垂头丧气。上尉扔下鞭子。他身上溅有血迹，脸上和脖子上均因与粗硬鬃毛的摩擦而起了皮疹。他余怒未消，累得几乎站不稳，抱头一屁股瘫倒在地上，姿势古怪。远在密林丛中，上尉犹如被丢弃的废玩偶，在大声啜泣。

上尉暂时失去了知觉。待他苏醒过来时，往事如同镜花水月浮现在眼前。回首往日时光，他像是在目不转睛地盯着井底晃动的影像。他想起了自己的童年。五个姨妈把他拉扯大，都是老姑娘。唯有独处时她们会闷闷不乐，其余时间里她们笑口常开，时常一起野餐、随性出游和周日聚餐，并邀请其他老姑娘们参加。可是，她们仍把这个小男孩当作一种支柱，帮助她们撑起所背负的沉重十字架。上尉从未体验过真正的爱。姨妈们在他身上倾注了华丽的情感，他也浑然不知地回报以同样的虚情假意。她们始终不允许他忘记自己是南方人。他母亲家是十七世纪逃离法国的胡格诺派[①]后裔，家族在大起义前一直居住在海地，后来在佐治亚州成为种植园主，直到内战[②]爆发。他的背后是一段残酷下的辉煌、残败后的穷困，以及家族骄傲的家族史。不过他这一辈人却碌碌无为；唯一的长表兄在纳什维尔市[③]当警察。自命不凡的上尉对此不以为然，倒是对那段逝去的家族史奉若神明。

上尉脚踹松枝，大声地哭泣着，哭声在树林里幽幽回旋。突然，他趴下不动，顿时一片寂静。之前缠绕他心头的一种异样的感觉忽然变得清晰而真切。他断定附近有人。他痛楚地翻了一个身，仰面躺着。

一开始，上尉不相信自己的眼睛。离他两码之外，年轻士兵正靠

---

① 又译雨格诺派、休京诺派，16 至 17 世纪法国新教归正宗的一种。

② 即美国南北战争，是美国历史上唯一一次内战，参战双方为北方美利坚合众国和南方的美利坚联盟国。战争以北方联邦胜利告终。

③ 美国田纳西州首府，美国乡村音乐的发源地，在美国有很大影响，现已成为乡村音乐的代名词。

在一棵橡树上低头望着他，那是上尉憎恨的一张脸。他精赤条条，黄昏下修长的身体油光闪亮。他用茫然、淡漠的目光直直地盯着上尉看，像是第一次看到了稀罕的昆虫。上尉大惊失色，瘫软如泥，不能动弹。他想开口说话，但嗓子里只挤出一声干涩的咕隆声。当他看着他时，士兵把视线移向了马儿。“火鸟”仍是汗流浃背，马臀上布满条条鞭痕。似乎一个下午的工夫，这匹纯种马已风光不再，沦落成了只配拉犁的羸弱老马。

上尉躺在士兵和马儿之间。裸男懒得绕过他平躺在地上的躯体，离开那棵树后，径直敏捷地从军官的身体上跨过去。上尉瞬间近距离看清了年轻士兵的光脚：修长纤细，精致玲珑，高高的脚背上凸显条条蓝色的血管。士兵解开拴马的绳子，用手抚摸着马的嘴巴和鼻梁，然后便头也不回地牵着马向密林深处走去。

一切都来得太快了，甚至不等上尉坐起来或吭一声。刚开始他只是感觉到惊讶。他注视着年轻士兵棱角分明的身体线条。他含含糊糊地喊叫了一声，却无人应答。顿时一股怒火涌上心头。他感到对士兵的一股仇恨之情由内心迸发而出，其恨之切等同于他在狂奔的“火鸟”身上体验到的极度快感。他生命中全部的屈辱、嫉妒以及恐惧都在这一腔怒火中得以发泄。他踉踉跄跄地站了起来，茫然若失地走进渐渐暗淡下来的树林中。

他不清楚自己身处何方、离驻地有多远，满脑子里都是如何能施虐士兵的诡计，多达十几个。上尉内心明白，这种同爱一样强烈的刻骨仇恨将挥之不去，直到终老。

走了许久之后，眼看天就黑了，他才发现自己走在了一条熟悉的小路上。

*

彭德顿家的派对七点钟开始了，过了半小时，前面的几间屋子里高朋满座。莉奥诺拉身穿米色绒袍，端庄美丽，她在独自接待宾客。当被问到男主人缺席之事时，她回答说是魔鬼把他带走了，她不知道——有可能离家出走了。众人大笑，并重复着这句话——他们想象着上尉肩扛一根棍子在步履艰难地行走，一块红色的印花手帕包裹着笔记本。他原本打算骑马之后开车进城的，也许是他的车半路上抛锚了。

餐厅里的长桌上摆满了美酒佳肴，并仍在不断地上菜，可谓饕餮盛宴。满屋子都是浓浓的火腿、排骨和威士忌味，仿佛用汤匙就能舀一口吃到嘴里。从客厅传来悠扬的手风琴声，还不时地听到几句假声伴唱。餐柜或许是最热闹的地方。阿纳克莱托表情勉强、磨磨蹭蹭地给客人们舀上小半杯潘趣酒。当他一眼认出独自站在前门旁的魏因切克中尉时，立即专心致志地、一个樱桃一块菠萝地舀，足足花了十五分钟，然后丢下十几个等候的军官不管不顾，先去把这杯精品酒送给老中尉。大家你一言，我一语谈得津津有味，根本无法听完整任何一个谈话内容。有谈论军队获得政府一项新拨款的，也有八卦近期自杀事件的。在一片喧闹声的掩饰下，一个警觉的目光扫视四周，寻找着兰登少校的身影，随后一则笑话在派对上悄然传开——故事的大意是，这个小菲律宾人在把艾利森·兰登的尿样送到医院做化验前，细心地往里面喷了香水。屋子里开始挤得水泄不通。盘子里的馅饼掉在了地上，又被人踩在脚下，弄脏了半个楼梯，也无人察觉。

莉奥诺拉心情极佳。她对每个人说的都是同一句轻佻的套话，又拍拍军需上校的秃顶，那是她的一个旧情人。她曾一度离开客厅，去给城里请来的拉手风琴的年轻艺人亲自送上一杯饮料。“天啊！这男孩子太有才了！”她说，“哎呀，只要你能哼唱的曲子，他全能拉出来！‘啊美丽的红羽姑娘’——随便什么！”

“真了不起。”兰登少校赞同道，看着凑上来的人群。“我妻子现在对古典的东西感兴趣——巴赫，你们懂的——所有那一类的东西。但我感觉像是吞下了一群蚯蚓似的。现在听《快乐的寡妇华尔兹》[1]——那才是我喜欢的。曲调优美悦耳！”

流畅的华尔兹，加之将军的到来，使得喧闹声平息了一些。莉奥诺拉沉浸在派对的快乐之中，直到八点过后，她才开始惦念起自己的丈夫。多数客人早已对男主人迟迟未露面而感到迷惑不解，甚至强烈地感觉到很可能是发生了什么意外，或者又要出什么意想不到的丑闻了。因此，即使是最早来到的客人也没有要离开的意思，虽然早已超过了这种日常往来聚会的惯例时间。房子里太挤，从一个房间走到另一个房间得有超强的对策才行。

在这期间，彭德顿上尉提着一盏防风灯等候在马道的入口处，负

① 20 世纪初的轻歌剧代表作《快乐寡妇》中的曲目。

责马厩的中士也在。天黑透了以后他就回到驻地了，他解释说是马儿扔下他，自己出逃了。他们希望“火鸟”能自己找到回家的路。上尉先洗了下脸，因受伤且起了皮疹脸已发红。然后他开车去了医院，脸颊上被缝了三针。可是，他却不能回家，不仅是因为在马儿回到畜栏之前，他不敢面对莉奥诺拉——真正的原因是他在等待他憎恨的男人。这是个温暖、明亮的夜晚，弯弯的下弦月斜挂在天边。

九点钟时，他们听见远处的马蹄声，缓缓归来。接着，看到了二等兵威廉斯和两匹马疲惫、模糊的身影。士兵手拉着两匹马的辔头，眨了眨眼睛，朝着防风灯方向走来。他用异样的眼神久久地逼视着上尉，中士见此，大为震惊，不知该如何是好，就留给上尉来应付这一局面。上尉没有作声，但见他眼皮抽动，僵硬的嘴唇在颤抖。

上尉跟着二等兵进了马厩，年轻士兵给马喂了些磨碎的饲料，又顺着毛的方向给梳刷了一遍。他一声不响地干着，上尉站在畜栏外看着。他看着士兵那双精致、灵巧的手和细嫩、丰圆的脖颈，心生一种既让他厌恶又让他着迷的情感——仿佛他在与这个年轻士兵展开赤身肉搏，决一死战。上尉劳损的腰肌虚弱到几乎站不住了。在那抽动的眼皮下面，一对眼球犹如燃烧的蓝色火焰。士兵闷头儿干完活，离开了马厩。上尉跟着走了几步，之后站在那里眼望他消失在夜幕中。彼此都默不作声。

上尉上了自己的车，这时他才想起家里派对的事。

阿纳克莱托直到深夜才回家。他站在艾利森房间门口，脸色发青，疲惫不堪，派对上人多拥挤，把他搞得精疲力竭。“唉，”他以哲学家的口吻说，“这个世界真是人满为患。”

不过，艾利森从他微微眨眼的刹那看出准是出了什么事。他走进她的卫生间，卷起黄色亚麻衬衣的袖子洗手。“魏因切克中尉来看过您了吗？”

“来了，和我聊了好一会儿。”

中尉一直很消沉。她让他去楼下拿来一瓶雪利酒。他们饮酒之后，他坐在床边，把棋盘放在膝盖上，两人玩起了一种叫俄罗斯庄家的纸牌游戏。她后来才意识到不该提议玩纸牌，可为时已晚，因中尉不太会看牌，却又想瞒住她而极力掩饰这一短处。

“他才得知在医委会那里没有通过，”她说，“很快他就能拿到退休的相关文件了。”

“唉！太可惜了！”阿纳克莱托又补充道，“不过，我要是他的话，我会感到开心的。”

那天下午，医生给她开了种新药，从卫生间的镜子里她看见阿纳克莱托在仔细查看药瓶，接着又先试尝了一点，才给她量出一剂药。从他脸上的表情判断，他不太喜欢这药的味道。但他回到房间里时脸上却露出灿烂的笑容。

“您从未参加过这样的派对，”他说，“好大一群人啊！”

“够恐怖的，阿纳克莱托。”

“总之是一片混乱。彭德顿上尉晚回家两个小时。他进门时，我还以为他是被狮子吃掉了一半呢，是马儿把他扔在黑莓灌木丛里，自己跑了。你从没见到过那副面孔。”

“他有没有骨折？”

“我感觉他好像是脊梁骨摔断了，”阿纳克莱托颇为自得地说，“但他故作镇静——上楼去，穿上晚礼服，极力装出若无其事的样子。这会儿大家都散了，就剩下少校和红发上校了，就是他老婆看上去像个鸡的那个人。”

“阿纳克莱托。”她轻声地告诫他。阿纳克莱托几次用了“鸡”这个词，后来她才猜到意思。开始以为可能是方言，最后她终于明白了他指的是“妓女”。

阿纳克莱托耸了耸肩，猛然把头转向她，脸庞涨得通红。“我讨厌人们！”他愤愤地说，“派对上有人讲了这个笑话，他不知道我就在旁边。简直下流、粗俗、无礼，纯属捏造！”

“怎么回事？”

“我不想再说给你听了。”

“好吧，那就别想它了，”她说，“去上床好好睡一觉吧。”

艾利森因受阿纳克莱托情绪迸发的影响感到心烦意乱。她自己似乎也厌恶他人。过去五年中所结识的每一个人都那么荒谬——是的，每一个人，除了魏因切克，当然还有阿纳克莱托和小凯瑟琳。粗汉莫里斯·兰登愚笨迟钝、无情无义到极点，莉奥诺拉就是个牲口，窃贼韦尔登·彭德顿骨子里的堕落已不可救药。简直是一群败类！她甚至连自己都腻烦。若不是为了那点私欲而拖延，倘若她还存有一丝自尊，她和阿纳克莱托今夜就不会在这个房子里待着了。

她转身面向窗外，眺望夜色。风骤然刮起，楼下一扇没上锁的窗板撞在墙上噼啪作响。她想看清窗外夜景，就关上了灯。今晚猎户座星光格外灿烂、明亮。森林里一丛丛树梢宛如黑色波浪在风中舞动。这时，她朝楼下彭德顿的房子瞥了一眼，正巧看见一个男人又在林边站着。此人被树丛遮掩，可他的身影却清晰地映在草坪上。她无法辨认出何人在此，但此刻她确信有人躲藏在那里。她注视了他十分钟，二十分钟，半个小时。他一动不动。这让她感到恐怖和震惊，甚至突然闪过一个念头，或许她是真的疯了。她闭上眼睛数数，七个数一组，一直数到了二百八十。待她再次向窗外望去时，人影已消失。

她丈夫敲了敲门。没有回应，于是就小心翼翼地转动了球形门把手，向屋里窥探。"亲爱的，你睡了吗?"他问话的声音大得足以吵醒任何人。

"是的，"她冷冷地说，"睡死了。"

少校感到困惑，不知该关上门还是进屋去。整个房间里有一股酒味，她觉察出他一定是频繁光顾莉奥诺拉家的餐柜了。

"明天我要和你说件事，"她说，"你应该会想到是什么事。自己做好准备吧。"

"我啥也不知道啊，"少校无助地说，"我做错啥事了吗?"他想了一下。"若是为什么特别的事花钱的话，我可没有啊，艾利森。输了足球赛和赛马的赌注嘛——"门轻轻地关上了。

子夜已过，又只剩下她自己了。从零点到天亮这几个时辰总是让她感到恐惧不安。倘若她告诉莫里斯自己彻夜未眠，他自然不会相信。同样，他也不信她真的有病。四年前，她的身体刚开始出现问题时，他也为她的病情着慌。可是后来一场病灾接着一场——积脓、肾病，现在又是心脏病——他烦恼了，直到最后再也不信她了。他认定这全都是疑病症的表现，她不过是用这些假象来达到逃避义务的目的——就是说，进行日常运动和参加派对，在他看来都是适宜做的。同样，对于倔强的女主人而言，能给她一个充分的借口才是明智的做法，若是你用种种理由拒绝她，即便是再合理的原因，也会失去女主人的信任。她听见丈夫在厅对面他自己的房间里来回踱步，一边像说教小孩子似地自问自答，说了很久。她开亮床头灯，看起书来。

凌晨两点她突发念头，自己将在那个夜晚命赴黄泉。她靠着枕头坐在床上，心绪不宁地东看看西瞅瞅。虽为少妇，却已面容枯瘦而衰老。她转头的动作微弱、奇怪，下巴向一侧上扬，像是被什么东西噎着了。静寂的房间里她似乎听到各种刺耳的响声。卫生间的马桶内有水滴声，壁炉台上的摆钟发出锈损的滴答声，钟表年头已久，玻璃外框上绘有镀金白天鹅图案。那噪声最大、令她最烦恼的第三种响声是她自己的心跳声。她方寸已乱，她感到自己的心脏似乎在跳跃——快速地跳动，如同奔跑者飞速的脚步，腾空飞起，又砰然落下，剧烈的震动使她全身颤抖。她缓慢小心地拉开床头柜的抽屉，拿出毛线活。“我得想点开心的事。”她理智地告诉自己。

她回忆起自己人生中最幸福的时光。当年她二十一岁，在寄宿学校认真地教女生们了解一点西塞罗①和维吉尔②，长达九个月。到了假期，钱袋里装着两百美元，她到了纽约。不知该往何处去，她上了一辆向北行驶的公交车。途经佛蒙特③一个村庄时，这里的景色吸引了她，于是就下了车。没几天的工夫，她在林中找到并租下了一间小木屋。一路上她还带着心爱的猫咪，彼得罗纽斯，与她同行。夏天结束之前，她不得不在它的名字后面加上阴性词尾，因为它突然生了一窝小猫仔。猫咪们又和几只流浪狗经常来往。每周她都要进村里去采购一次罐装的猫食、狗食和她自己需要的食品杂物。在每个晴朗夏日的晨曦中，她享用着自己最喜爱的美食——香辣牛肉豆子煲④、烤面包片⑤和茶水。劈柴是她午后的活儿，夜晚，她则坐在厨房里，脚搭在炉子上，高声诵读或歌唱，自娱自乐。

艾利森苍白的薄唇做轻语状，她目不转睛地盯着踏足板看。忽然间，她扔下手上的织物，屏住呼吸，心跳骤停。房间如墓地般安静。她目瞪口呆地愣着，头在枕头上侧扭着。她吓得魂不守舍。她想竭力呼喊，打破这寂静，嘴里却一声也发不出来。

这时响起了轻轻的敲门声，而她却没有听见。阿纳克莱托进到屋里，正握着她的手，她一时也没有反应过来。在这段长时间可怕的寂

---

① 马库斯·图留斯·西塞罗（Marcus Tullius Cicero，公元前 106 – 公元前 43），古罗马著名政治家、演说家、雄辩家、法学家和哲学家。

② 普布留斯·维吉留斯·马罗（Publius Vergilius Maro，公元前 70—公元前 19），通称维吉尔，古罗马诗人。

③ 美国东北部新英格兰地区一州。

④ 墨西哥香辣口味的肉酱菜。

⑤（挪威、德国、奥地利和意大利）常用鸡蛋甜面包烤成的一种面包片。

静之后（无疑有一分多钟），她的心跳恢复了，胸口处睡袍的衣褶在轻轻地起伏。

“做噩梦了？”阿纳克莱托用快活、安慰的口吻轻声问道。可是，他低头看着她时，他自己也同样是一脸的苦相——上唇咧着，龇着牙。

“真把我吓死了，”她说，“出什么事了？”

“啥事也没出。不过看起来又不像。”他从上衣口袋里掏出手帕，在一个玻璃杯的水里蘸了一下，给她擦擦额头。“我下楼去拿东西，然后再来陪您，一直到您安心地睡着。”

他用小碟端来麦乳精，还拿上来自己的水彩。生起炉火后，他在壁炉前支起了牌桌。他的陪伴对艾利森是莫大的安慰，她好想哭一场，把伤痛都哭出来。他把小碟递给她，然后自己安逸地坐在桌边，细饮慢品着自己那杯热麦乳精。她最喜欢阿纳克莱托的这一品质；他擅长化腐朽为神奇，任何场合都能被他营造出一种喜庆的气氛。他不在自己床上睡觉，并不像是出于善意在这夜静更深时来陪一个生病的女人熬夜，倒像是他们自愿选择了这个特别的时间举办一场很别致的派对。每当他们遇到不愉快的事而难以继续时，他总能设法找到点乐趣。此刻，他跷起二郎腿，坐在那里喝着麦乳精，膝上铺了一块白色餐巾布，仿佛是金杯里斟满了葡萄美酒那么有范儿——虽然他和艾利森一样，都不喜欢这热饮的味道，当时只是被罐子的标签上那些夸饰和承诺之词所诱惑才买下的。

“你困吗？”她问。

“一点不困。”可是他正说着困字时，就累得情不自禁打起了呵欠。忠心耿耿的他急忙转过身去，假装张开嘴是想用食指摸一下新长出的智齿。“我今天午睡了，晚上又睡了一会儿，还梦见凯瑟琳了。”

艾利森每每想起她的宝宝，爱与悲的情感像铅块一样重重地压在心头，令她无以承受。时间并非能抚平丧子之痛。而今，她只不过是自控力稍强了一点，仅此而已。历经十一个月的欢乐、不安、痛苦之后，她一如从前。凯瑟琳曾葬在他们驻地的公墓里。有好长一段时间，她被墓穴里的幼小躯体那清晰病态的影像所折磨。她害怕尸体腐烂，又担忧小尸骨会孤单，整日暗自思忖，不能自拔，最后，在办完了相当繁琐的手续之后，她让人把棺柩又挖了出来。她把孩子的遗骨送到芝加哥火葬后，把骨灰撒在雪地，融在雪中。今天，凯瑟琳所留下的只有艾利森和阿纳克莱托对她的回忆。

艾利森等待了一下，觉得可以声音平稳地说话了，然后她问道：“你梦见什么了？”

“乱七八糟的，”他轻声地说，“像是我手里捧着一只蝴蝶，我把她放在大腿上呵护她——然后突发混乱——您想办法让热水流出来。”阿纳克莱托打开颜料盒，在面前摆放好纸、画笔和水彩。在火光的照映下，他苍白的脸庞红润了起来，乌黑的眼睛闪动着灵光。“接着，梦境变了，在我膝盖上又不是凯瑟琳了，而是今天给少校擦了两遍的一只靴子，靴子上爬满了新出生的鼠仔，用手一摸身上滑溜溜的。我想捉住它们，不让它们往我身上到处爬。喔！就像是——”

“别说了，阿纳克莱托！”她说着，打了个哆嗦，“别再说了！”

他开始画画，她在旁边看着。他把画笔放进玻璃杯里蘸了一下，水中呈现出淡紫色的云朵。他面露沉思，俯身画画，中间停过一次笔，他拿起桌子上的尺子快速量了几下。阿纳克莱托有当画家的出众才能——她确信不疑。在其他方面，他是有天分，不过实际上，都是模仿——像莫里斯说的，他简直就是只小猴子。然而，他在小小水彩画中彰显了自己的本性。他们驻扎在纽约附近时，每天下午他进城去艺术学生的社团学习。在学校画展上，当她看到回头来欣赏他的画的人络绎不绝时，她一点也不惊奇，她倍感自豪。

他的作品将原始素朴与华丽奢靡融为一体，对观赏者产生了神奇的魔力。但是，她却无法让他认真发掘自己的天赋，努力激发自己的潜能。

"梦的性质嘛，"他轻声说，"让人想起来就感到不可思议。在菲律宾，到了下午枕头湿漉漉的，房间里充满阳光，这时的梦是一种。可是在北方，黑夜里下着雪——"

艾利森已经没在听他说话了，而是又陷入了习惯性的忧虑。"告诉我，"她猛然打断说，"你今早要小脾气时说打算在魁北克开家亚麻店，你想好了吗？"

"嗨，当然啦，"他说，"您知道我一直想去看看魁北克这个城市的。而且，我觉得再也找不到比做华美的亚麻面料还要愉快的事情了。"

"你想的就这些——"她说，句尾没带上问句的升调，阿纳克莱托也没有回答她。"你在银行存了多少钱？"

他想了一下，手中的画笔停在水杯上空不动。“四百零六分钱……您要我都取出来吗？”

“现在不用。也许我们以后会需要的。”

“我的天啊，”他说，“您可千万别忧愁。这对您一点儿都不好。”

房间在炉火的映照下被染成了玫瑰金色，不时有灰色的影子在舞动。座钟里发出轻轻的咔嗒声，接着当——当——当——敲了三下。

“看！”阿纳克莱托突然说。他把画了画的纸揉成团扔到一边，坐下来双手托着下巴做沉思状，眼睛盯着炉火的余烬。“孔雀的绿色带有点阴森，长着一只巨大的金色眼睛，眼中是些微小东西的映像和——”

他举起手，拇指和食指捏在一起，极力想找出一个恰当的词。手在他身后的墙上映出巨大的影子。“微小的和——”

“怪诞的。”她替他说了出来。

他立马点头说：“太对了。”

他又开始画了起来。不一会儿，寂静的房间里像是有什么响声，也或是她的尾音的余音，让他猛地一个转身。“啊，不要！”他嚷道。匆忙中，碰翻了水杯，掉在炉台上摔碎了。

*

那天晚上，上尉的妻子睡下才有一个小时，二等兵威廉斯就已进入了她的卧室。派对期间，他就在树林的一边等着了。待客人们大多都离开后，透过客厅的窗户他注视着屋内，直到上尉的妻子上楼去睡觉。随后，同之前一样他溜进了房间。当晚，室内月光依旧清澈。在银色的月光下，“夫人”侧身躺着，一双脏手托着微红的瓜子脸。她身穿缎子睡袍，腰部往上啥都没盖。年轻士兵静静地蹲在床边。一次，他小心翼翼地伸出手，用拇指和食指去触摸那睡袍平滑的缎面。一进屋，他就四处扫视了一圈，在梳妆台前停了一会儿，凝视着那些瓶瓶罐罐、粉扑、各种梳妆用品。有一件东西，喷雾器，引起了他的兴趣。他拿到窗前，一脸不解地查看着。桌上的一个小盘子里盛着一只吃剩一半的鸡腿，他伸手碰了一下，又闻了闻，然后咬了一口。

此刻他在月光下蹲着，半闭上眼睛，嘴唇露出醉心的微笑。上尉的妻子翻了个身，叹息一声，又伸了个懒腰。士兵稀奇地用手指摸摸散开在枕头上的一缕棕色头发。

三点多钟时，威廉斯猛然一阵浑身发紧。他四处张望，像是屏息谛听什么动静。他不清楚自己为何会出现内心的突变与不安。他看到邻居家里的灯都亮了。在这寂静的深夜，一个女人的哭声传入他的耳中。之后，他又听见在亮灯的屋前有停车声。威廉斯不声不响地走进昏暗的厅里。上尉房间的门关着。不一会儿，威廉斯已缓步向树林的外缘走去。

士兵这两天两夜里没怎么睡觉，累得两眼浮肿。他绕驻地走了半圈才走到去营房的一条捷径上。这条路上没有哨兵。回到床上，他倒头就呼呼大睡。拂晓时，他多年来头一回做了个梦，在睡梦中大喊大叫。对面的士兵被吵醒，朝他扔过来一只鞋。

在营房室友中，威廉斯没有一个朋友，所以，也没有谁在意他这几天夜不归宿。大家猜想他是在外面找了女人。许多士兵都秘密结了婚，有时就待在城里和妻子过夜。深长拥挤的宿舍在晚上十点熄灯，但不是所有的人都按时上床睡觉。有时，特别是在月初，有人在厕所里通宵玩扑克牌。有一次夜里三点，二等兵威廉斯在回营房的路上撞见哨兵，因在军营已有两年之久，哨兵熟悉他，便没有盘问。

接下来的几个晚上，二等兵威廉斯回归正常的睡眠和休息。接近黄昏时他独自坐在营房前的长凳上，夜晚则时常光顾驻地的娱乐场所。他去电影院和体育馆。晚上，体育馆变成了滚轴溜冰场，场内音乐不绝，在一角处，人们喝着冰镇泡沫啤酒，坐在桌边休息。威廉斯也要了一杯，这是他平生第一次沾酒。人们绕着场地溜圈，发出骨碌碌震耳的声响，空气中弥漫着浓浓的汗渍味和地板蜡气味。有三个人，都是老前辈，看见威廉斯离开自己的座位，走过来和他们一起坐了一会儿，都十分惊奇。年轻士兵看着他们的脸，似乎有问题要问。但最终啥也没说，停留片刻，又走开了。

威廉斯为人落落寡合，有一半的室友甚至不知道他的名字。其实，他在部队的现用名并非他的本名。刚参军那天，一个粗鲁的老中士低头瞪着他的签名——L.G. 威廉斯，然后冲着他大喊："写下你的名字，你这下贱的小乡巴佬，你的全名！"士兵等了许久才解释清楚这些首字母就是他的名字，他唯一的名字。"那么，叫这个讨厌的名字，你不能入伍美军，"中士说，"我给你改成埃-尔-基，行吗？"威廉斯点点头，见他如此满不在意的样子，中士粗野地大笑起来。"他们真给咱送来个二百五啊。"说完，又继续看那些文件。

眼下已进入十一月，大风呼啸了两天。一夜之间，人行道边小枫树的叶子被寒风捋得光秃秃的。层层落叶宛如金灿灿的毯子铺展在树脚下，变化万千的朵朵白云轻轻地漂浮在天空上。次日，下了一场寒雨。凄风冷雨的街道上，经雨水浸泡的落叶变成褐色，被行人无心地踩踏，最后有人用耙子将其耙走。雨过天晴，衬托着冬日的天空，落尽叶子的树枝尽显金银细丝的美丽姿容。清晨，枯草上结了一层白霜。

休息了四个晚上之后，二等兵威廉斯又去了上尉家里。他已摸清这家人的生活习惯，所以这次他并未等上尉安歇。半夜里军官尚在书房工作，他就上楼进了“夫人”的房间，在那儿停留了一个小时。之后，又站在书房窗前，好奇地注视着屋里，一直到深夜两点上尉才去楼上就寝，因为在这个时候，出了一件事，士兵并不了解。

在这些窥探和在“夫人”房间守夜时，士兵没有丝毫的怯意。他只是感觉，但不做思考；他只是经历，但不对眼前或过去的行为进行反思总结。五年前，L.G. 威廉斯曾杀过一个人。因为一手推车的肥料，他同一个黑人发生了争执，随即拔刀将其刺死，并藏尸于废弃的采石场。他是一时愤怒才动了杀机，那殷红的鲜血和被他拖进树林那松软的尸体令他久久不忘。他仍记得七月那个烈日灼烧的下午，到处充斥着尘土和死亡的味道。他有种莫名、麻木的痛苦感，但绝无丝毫的惧怕心理，而且从那以后他没有一次明确地意识到自己是杀人犯。人的头脑犹如一幅编织材料丰富、手法复杂的挂毯，其颜色是从感性经验中提取而来，图案则产生于智者的脑回。二等兵威廉斯的头脑灌满了缤纷奇怪的色调，但却不见轮廓，形态缺失。

在这些初冬的日子里，威廉斯唯有认识到一件事：他开始察觉出上尉在跟踪他。尽管脸上的包扎还在，疹子也没消去，上尉依旧每天两次出去骑一会儿马。回来办完还马登记后，他仍在马厩前逗留片刻。在去食堂的路上，有三次威廉斯回头时都看见上尉在身后，约十码远之外。在路上多次和军官擦身而过，说明不是巧合。有一次偶遇，士兵走过去后驻足转身回头看，离他不远处的上尉也停下了脚步，半转过身来。天已近黄昏，冬日的暮霭带有淡淡的紫罗兰色。上尉的炯炯目光坚定且残酷。过了几十秒钟，他们同时转身，各自继续前行。

第四章

在驻地，军官很难与士兵有私人往来。彭德顿上尉意识到了这一点。倘若像莫里斯·兰登那样当个普通部队长，指挥一个连、一个营，或是一个团，他就能有些机会接触手下的士兵。所以，兰登少校几乎熟知自己所领导的每个人的姓名和面孔，这是在军校工作的彭德顿上尉力所不及的事。除了骑马（这几天任何马上骑术对上尉来说都不够刺激），他无法通过任何其他方式与自己逐渐厌恶的士兵建立关系。

然而，上尉感觉到一股强烈的欲望，想在他们之间建立一种关系。对士兵的日思夜想不断地撩动他的心。他尽量多找正当的理由常去马厩。二等兵威廉斯为他备上马鞍，他骑上马时为他拉住辔头。每当上尉预知要同士兵见面，他就会感到自己头发晕。在他们短暂、冷漠的相遇时，他会奇怪地患上感官印象失灵症；一接近士兵，他就发现自己视力模糊且听力下降，只有当他骑马远去，剩他孤身一人时，那幅景象才第一次出现在他的脑海里。想到这个男青年的面孔——沉默的眼睛、湿润性感的厚嘴唇、童仆般稚气的刘海——这一影像简直令他如坐针毡。他很少听见士兵说话，但是他那含糊不清的南方口音犹如一首令人忐忑的歌曲不断在上尉的脑中回旋。

傍晚时分，上尉常独自漫步在马厩与营房之间的街道上，希望能遇见二等兵威廉斯。当看见他在远处懒怠的姿态时，上尉感到自己的喉咙发紧，几乎按捺不住了。待他们走到彼此的面前，威廉斯总是恍惚地越过他的肩头凝视远处，缓慢随意地举手行礼。一次，他们迎面走近，上尉见他剥开一块糖，随手将糖纸扔到了人行道边整洁的草地上。这一行为惹怒了上尉，走了几步之后，他又返回去捡起糖纸（是“宝贝露丝”牌子的糖[①]），放进口袋里。

基本上，彭德顿上尉的生活过于严谨规矩、缺乏情感，他并没有细想过自己对士兵这种莫名的厌恶。只有那么一两次，他因服用了过量的速可眠，醒得晚了，回想起自己近期的行为，令他感到不安。可是，他却没有真正地努力去迫使自己在内心做出一个评定。

一天下午，他驾车路过营房前，见士兵独自坐在长凳上休息。上尉沿街开出一段距离后停下车，坐在车里注视着他。士兵摊开四肢，安闲自得地快要睡着了。天空是淡绿色的，冬季太阳的余晖投下清晰、细长的影子。上尉一直注视着士兵，直到晚餐号吹响。威廉斯进

① 一种美国牌子长条状独立包装的巧克力味果仁糖块，现隶属于瑞士的雀巢公司。

去后，上尉仍坐在车里，望着营房的外面。

夜幕降临，楼里灯火通明。在楼下的娱乐室内，他看到有的人在打台球，有的在随意翻阅杂志。上尉的脑海里出现了食堂餐厅的情景，长条桌子上摆满了热腾腾的食物，饥肠辘辘的士兵们共进晚餐，有说有笑，洋溢着兄弟情谊。上尉对士兵们不熟悉，他用自己的想象描绘出一幅军营生活的蓝图。他被中世纪所深深吸引，认真研究过欧洲封建时期那段历史。这一偏好为他想象中的军营构图添加了色彩。想到两千人群居在这四方大楼里，他忽觉孤独落寞。坐在幽暗的车里，看着楼里那些灯光明亮、拥挤的房间，听着人们的喧闹声和清朗的说话声，泪水不禁从他那目光呆滞的眼中流出。凄凉的孤独感咬噬着他的心灵。他快速开车回家去了。

丈夫到家时，莉奥诺拉·彭德顿正在树林边上的吊床里歇着。随后，她进屋去厨房帮祖西做完晚饭，她们要在家里吃饭，饭后要出去参加一个派对。一个朋友给她们送来了六只鹌鹑，她打算给艾利森带去一盘，两个多星期之前的那个晚上，在她们的派对上，她突发严重的心脏病，从此长年卧病在床。莉奥诺拉和祖西把食物装在一个大的银托盘里。在餐盘上，她们放了两只鹌鹑和丰盛的各种蔬菜，菜汁在盘子中间汇流成一个小池塘。此外，还有很多其他的美味食物，莉奥诺拉端着这个大托盘摇摇晃晃走出门时，祖西不得不紧跟其后，也端着一个盘子盛放多余的食物。

“莫里斯怎么没和你一起来家里？”她回来时，上尉问道。

“可怜的人啊！”莉奥诺拉说，“他已经出去了。他在军官俱乐部吃饭。想想吧！”

他们各自换上了晚礼服，站在客厅的壁炉前，炉台上放着一瓶威士忌和他们的杯子。莉奥诺拉身穿大红绉绸连衣裙，上尉穿着礼服。他有些紧张，不停地晃杯子，晃得杯子里的冰块叮当响。

“嘿！听着！”他突然说，“我今天听到一件挺有意思的事。”他把食指放在鼻子的一侧，咧着嘴。他要讲故事了，先建构一个框架出来。上尉天生幽默风趣，八卦起来是个毒舌嘴。

“不久前，有个电话找将军，副官听出是艾利森的声音，就立马给她接通了电话。‘将军，我有个请求。’一个稳重、文雅的声音说，‘我想请您帮个大忙，让那个士兵别在早晨六点钟起床吹号，扰了兰登太太休息。’将军停了好一会儿，终于说：‘对不起，我想我没太听懂你的意思。’对方重复了一遍请求后，又是一段更长时间的停顿。‘请告诉我，’将军最终说，‘你是哪位呢？”这声音回答说：‘我是兰登太太家的男孩[①]，阿纳克莱托。谢谢您了。’”

上尉静静地等待着，他不是讲完笑话自己先笑的那种人。莉奥诺拉也没笑——她似乎没听明白。

“他说他是什么？”她问。

“他想用法语说‘童仆’。”

“你的意思是阿纳克莱托打的那个电话说起床号的事。哦，我还从来没听说过这么新鲜的事。简直不可思议！”

---

① 原文为法语。

“笨啊！”上尉说，“这不是真的。就是一个故事、一个笑话而已。”

莉奥诺拉还是没听出笑点在哪里。她不善闲聊。第一，她总觉得要想象一个实际并没有在她身边发生的情景，有点困难。其次，她一贯心地善良，毫无恶意。

“嗨，这多卑鄙啊！”她说，“如果这不是真事，为何还有人不嫌麻烦去编造呢？让阿纳克莱托听上去像个傻瓜。你说谁会是罪魁祸首？”

上尉耸了耸肩，把杯中酒一饮而尽。他曾编造过许多有关艾利森和阿纳克莱托的趣闻轶事，在驻地广为流传。编撰并渲染这些闲言碎语让上尉乐此不疲地沉浸其中。他谨慎地发布出去，给人一种错觉他并非是始作俑者，而只是道听途说。他这样做并非出于低调，更多是担心这些流言蜚语有一天会传到莫里斯·兰登的耳中。

今晚，上尉的新作没能让他欢喜起来。屋里只有他和妻子，再次滋生了他的忧郁感，如同他在灯光明亮的营房前坐在车里时的感受一样。他眼前又浮现出士兵那双棕色肤色的灵巧的手，在内心深处顿觉一阵颤动。

“你到底在想啥呢？”莉奥诺拉问。

“没啥。”

“可是，我觉着你看上去怪怪的。”

他们原本打算先去接上莫里斯·兰登的，正要出门，他打来电话请他们过去喝一杯。艾利森在休息，他们就没有上楼去。因为已经晚了，他们在餐厅匆匆把酒喝了。喝完酒之后，阿纳克莱托给身穿军服的少校拿来了军装礼服斗篷。小菲律宾人把他们送到门口，嘴甜地说道："祝你们度过一个愉快的夜晚。"

"谢谢，"莉奥诺拉说，"你也一样。"

少校可不是那么单纯。他疑心十足地看了眼阿纳克莱托。

阿纳克莱托关上门后，急忙跑进客厅，把窗帘拉起一英寸，向外窥视。他对这三个人个个都恨得咬牙切齿。他们在台阶上停下来，点上烟。阿纳克莱托极不可耐地注视着他们。之前他们还在厨房那会儿，他就想到一个好点子。他从玫瑰园里搬来三块砖头，放在了前门漆黑的人行道尽头，设想着他们东倒西歪地摔倒在地上的样子。然而，他们却信步穿过草坪，向停在彭德顿家门前的车走去了，阿纳克莱托气得横眉怒目，冲着自己的大拇指狠狠地咬了一下。接着，他连忙跑出去把障碍物移开，因为他不希望其他人掉进他精心设计的陷阱里。

那晚的聚会一如以往。彭德顿夫妇和兰登少校去了马球俱乐部的舞会，放意畅怀，自得其乐。年轻的中尉们依旧前来向莉奥诺拉大献殷勤；在室外游廊上悠闲地喝着威士忌时，彭德顿上尉的新故事借机找到了理想的听众，一个众人皆知的才子炮兵军官；少校则和一帮哥们待在休息室里，谈论钓鱼、政治和矮种马。因次日早晨有追猎[①]活动，彭德顿夫妇和兰登少校大约在十一点就一起离开了。此时，阿纳

① 驱使猎犬追踪人工臭迹。

克莱托已上床睡了，他晚上先陪了一会儿女主人，给她打了一针。他也像艾利森夫人一样，总是靠着枕头睡觉，虽然这个姿势很不舒服，他几乎没有一个晚上好好休息过。艾利森自己在打盹儿。午夜时，少校和莉奥诺拉在各自的房间里睡得正香。上尉在他的书房里坐下来，安静地工作了一会儿。这是十一月里一个和煦的夜晚，松树散发出清香怡人的气味。四处风平浪静，草坪上黑暗的阴影纹丝不动。

在这深更半夜，艾利森·兰登感觉自己从半睡半醒中醒过来。她做了一连串怪异逼真的梦，梦里她回到了童年，她拼命地挣扎着不愿醒来。然而，这样的挣扎是徒劳的，转眼她毫无睡意地躺在床上，睁大眼睛望向黑夜。她不禁哭了起来，仿佛她那轻柔、充满焦虑的啜泣声不是出自她本人，而是来自夜里户外某处的某个神秘的受难者。近两个星期，她感到黯然神伤，心情极差，经常哭。起初是要求她绝对卧床，医生告诉说如果心脏病再次发作的话，她就没救了。不过，她对她的医生评价不高，私底下称他是老军医[①]——而且是头号蠢驴。虽为外科医生，他还喝酒，有一次和她争论时非说莫桑比克位于非洲的西部而不是东部海岸，直到她拿出地图册来才肯认错；总之，她藐视他的意见和建议。她坐卧不宁，两天前突然很想弹钢琴，就趁着阿纳克莱托和她丈夫不在家时，自己起床穿好衣服下了楼。她自我陶醉地弹了一会儿。回房间时，她慢慢地、步履蹒跚地走上楼梯，虽然感到很累，但没有什么不良反应。

① 原文为 sawbones，（俚语）医生，尤指外科医生。此处带有调侃的味道。

这种被困的煎熬感——因为她现在只有等待，等待身体好转，才能实施她那些计划——使她变得很难伺候。开始时有个医院的护士在照顾她，可是这个护士和阿纳克莱托相处得不融洽，才干了一个星期她就走了。艾利森在持续各种抑制不住的幻想。那天下午，附近有个孩子尖叫一声，就像孩子们玩耍时经常那样喊叫，她却莫名地担心孩子是被车撞了。她让阿纳克莱托冲到街上去看个究竟，即使他回来向她保证孩子们只是在玩“我是间谍”游戏[①]，她仍不能消除焦虑情绪。还有，一天前，她闻到了烟味，硬说是房子着火了。阿纳克莱托彻查了房子的每个角落，她却仍放心不下。任何突如其来的声响或一点小事都会把她弄哭。阿纳克莱托忧心如焚，少校则尽量躲着不回家。

此时已是半夜，她躺在昏暗的房间里哭泣，又开始出现幻觉。她向窗外看去，在彭德顿家后院草坪上再次看见一个人影。那人靠在一棵松树上，静静地站着。之后，她眼看他穿过草坪，从后门进了屋里。此刻，她想到这个人，这个鬼鬼祟祟的人，就是她自己的丈夫，她感到一阵惊恐。他正悄悄地溜到韦尔登·彭德顿妻子的身边，竟然还是韦尔登也在家里，正在书房工作的时候。这令她怒发冲冠，顾不上理智了。她气得直恶心，就下床去卫生间呕吐起来。接着，她在睡袍外披了件外衣，穿上了鞋子。

走在去彭德顿家的路上，她没有犹豫。尤恨与人反目的她也根本没有思量过将如何应对自己突然陷入的局面。她从前门进去，随手砰

---

① 美国家喻户晓的趣味游戏。

地关上了门。客厅里只有一盏灯亮着，所以门厅半明半暗。她费力地喘着爬上楼梯。莉奥诺拉的房门打开着，她看见一个男人蹲在床边的侧影。她走进屋里，打开了墙角灯。

在灯光下士兵眨了眨眼睛。他把一只手搭在窗台，半欠起身子来。莉奥诺拉在睡梦中翻来覆去，喃喃自语，又翻了个身脸对着墙。艾利森呆立在门口，惊愕得脸色煞白，面容扭曲。她一句话没说，退出了房间。

与此同时，彭德顿上尉听到了前门开关的响声。他察觉出事情有些蹊跷，但是本能告诫他留在原地。他咬着铅笔的橡皮头，紧张地等待着。他也不知道在等待什么，听到有人敲门时，他甚为惊讶，还没来得及应答，艾利森已经进了书房。

“咦，这深更半夜的，什么风把你给吹来了？”上尉胆怯地笑着问道。

她没有立刻回答，而是用手拉紧外衣领口。等她终于张口说话时，她的声音沉闷，仿佛这震惊抑制了声音的共鸣。“我认为你最好自己上楼到你妻子的房间去一下。”她说。

她这句话，加上她那怪异的神态着实令上尉大吃一惊。然而，不可失态的念头战胜了他内心的骚乱。须臾之间，若干矛盾的假想浮现在上尉的脑海里。她的话意只有一个可能，那就是莫里斯·兰登在莉奥诺拉的房间里。但肯定不是真的，因为他们几乎不可能那么是非不分！果真如此的话，这将会使他陷入何等的境地！上尉的笑容甜蜜而有节制，他绝没有泄露自己的愤怒、疑虑和极度恼火。

“来，亲爱的。”他用慈母般的语气说，“你不该这样到处游走。我送你回家去。”

艾利森久久地盯着上尉，神色逼人。她似乎在完成一个智力拼图游戏。过了一会儿，她慢吞吞地说：“你该不是坐在那里要告诉我你全都知道，却视若无睹吧？”

上尉执意保持风度。“我送你回家吧，”他说，“你今天状态不对，不知道自己在说些什么。”

他急忙起身，拉住艾利森的胳膊。碰触到外衣里面她单薄、脆弱的肘部那种感觉令他厌恶。他拉着她急匆匆地下楼，穿过草坪。她家的前门敞开着，但上尉还是按了很长时间的门铃。过了一会儿，阿纳克莱托来到厅里，上尉离开之前，又看到莫里斯也从楼上自己的房间走了出来。带着纷扰困惑和如释重负的复杂心情，他回到家里，任凭艾利森自己去做解释吧。

次日早晨，彭德顿上尉听说艾利森·兰登完全疯了，他并未感到很惊讶。到中午时，整个驻地都传开了。（她的情况被视为“精神崩溃”，倒是没人相信这一消息。）上尉和莉奥诺拉过去帮忙时，发现少校手臂上搭着毛巾，站在妻子关闭的房门外。他几乎一整天都不厌其烦地站在那里。浅色的双眼因惊愕瞪得溜圆，手在不停地揉搓着一只耳朵的耳廓。他下楼去迎接彭德顿夫妇，和他们握手，显得出奇的拘谨，满脸通红。

除了如实告知医生，兰登少校把这悲剧的细节秘密地深藏在自己惊魂未定的心底。他想象的精神病人会撕碎床单或口吐白沫，而艾利森并没有这样。凌晨一点她穿着睡袍一进屋里，就只是说莉奥诺拉不仅欺骗了她丈夫——还欺骗了少校，她和一个士兵。然后还说，她要单方提出离婚，并且说她没有钱，如果少校他愿意按百分之四的利息借给她五百块钱，她将不胜感激，阿纳克莱托和魏因切克中尉可作担保人。他惊诧地问了些问题，她回答说自己和阿纳克莱托打算一起找点事做，或者买条捕虾船。阿纳克莱托已把她的行李箱拉到房间里来，一整夜都在她的监督下忙着打包装箱。期间，他们时而停下来喝杯热茶，再研究一下地图，商量将去哪里。天亮前，他们决定了要去南卡罗来纳的莫尔特里市。

兰登少校大为震惊。他在艾利森房间的角落里站了半天，看着他们整理行装，没敢开口。过了很久，他渐渐领会了她所说的一切，不得不承认她是疯了。他从房间里把她的指甲刀和火钳都拿走了。而后自己下楼，坐在厨房的餐桌边，桌上放了一瓶威士忌。他哭了起来，吮吸着滴在胡须上苦涩的泪水。他不仅为艾利森感到悲伤，也为自己深感羞愧，仿佛这一切皆因他失责所致。他借酒浇愁，却越发伤心自怜，一度翻着眼睛向天花板望去，独自在静寂的厨房里大喊一声，语带哀求地问道：

“上帝？啊上帝？”

他又用头使劲地撞击桌子，额头上被撞起了包。到了清晨六点半时，他喝了足有一夸脱多的威士忌。他冲了个澡，穿好衣服，给艾利森的医生打了电话，这是医疗队的一名上校，也是少校的朋友。稍后，另一位医生也被叫来了，他们在艾利森的鼻子前点燃火柴，向她提问各种问题。在检查期间，少校从她卫生间的架子上取下毛巾，搭在手臂上，俨然一副随时准备应急的样子，这令他多少感到些慰藉。上校在离开前，说了很久，多次使用“心理”这个词，每说完一句，少校都默默地点点头。最后，医生建议尽快送她去疗养院。

“不过，你先听我说，”少校无可奈何地说，“绝对不要约束衣[1]，或任何那种地方。你理解——去一个她能放留声机的地方——舒适的。你懂得我的意思。”

不出两天，他们在弗吉尼亚选中了一个地方。因时间紧迫，选择这家主要是出于价位（贵得惊人），而没顾上考虑其医疗美誉。在把计划告知艾利森时，她满脸不情愿地听着。阿纳克莱托自然也跟着一起去。数日之后，他们三人乘火车离开了。

位于弗吉尼亚的这家机构收治的对象既有身体不适者，也有精神病患者。而同时患有身体疾病和精神疾病的疗养员实属特殊。这里有一些老先生们步履维艰，头脑糊涂，还必须得时刻留神他们那不听使唤的腿。有少数吗啡女士，还有不少富少酒徒们。这里的露台精美漂亮，下午在此提供茶饮，花园都打理得尽善尽美，房间陈设富丽奢华；少校看后非常满意，并为自己的支付能力而颇感自豪。

一开始艾利森未置可否。实际上，直到那天晚上他们坐下来吃正餐，她才和丈夫开口说话。来到这里的当天晚上，她破例可以下楼去吃饭，但自次日早晨起，她必须卧床休息，直到心脏病症状有所改善。他

① 精神病患者穿的安全衣，防止病人自残或危害他人。

们的餐桌上摆着蜡烛和温室培植的玫瑰。餐具和桌布的质量均属上乘。

然而，艾利森的注意力似乎并不在这些细微之处。刚在桌边坐下，她眼神恍惚地一直注视着这间屋子，那双始终乌黑精明的眸子审视着其他每桌客人。最后，她语气尖刻地轻声说道：

“天啊，好一群优秀高贵的上等人!”

兰登少校永远忘不了那顿晚餐，因为那是他最后一次和妻子在一起。第二天清早他就离开了，途中在派恩赫斯特停留了一夜，那里有他一位打马球的老朋友。当他回到驻地时，一封电报正等着他。艾利森在疗养院的第二个晚上死于心脏病发作。

*

今秋彭德顿上尉三十五岁了。虽仍相对年轻，不久他将戴上缀枫叶的少校肩章了。在部队里晋级主要是论资排辈，上尉破格晋升军衔显然靠的是才干。他工作努力，在军事方面智力超群——许多军官都认为，他未来终将成为一名高层将领，他对自己也非常自信。然而，彭德顿上尉长期的奋斗已显现出身心疲惫的迹象。这个秋天，尤其是近几周来，他似乎一下苍老了许多。黑眼圈、色斑明显，面色发黄，肤色不均。牙齿也开始折磨他。牙医说他下颌的两颗臼齿要拔掉，再植入齿桥，但他一直拖延着，因他感到确实抽不出空去做手术。上尉的脸习惯性地绷紧，久而久之他左眼部的肌肉开始抽搐。眼睑痉挛使他那扭曲的脸露出异样的面瘫表情。

他终日处于压抑焦虑的状态。他对士兵已到了沉迷的地步，犹如病毒在体内扩散。正如癌细胞莫名其妙地叛逆，并开始在不知不觉间自我繁殖，直至最终摧垮人的身体，同样，他对士兵朝思暮想发展成了一种几近疯狂的迷恋。有时他回顾起如何一步步走到今天这个地步，心中充满了好奇与惊愕——开始于无意将咖啡溅到新裤子上，接下来是清理树林、骑上“火鸟”后的不期而遇，以及在驻地街道上匆匆相遇。那么他的厌烦究竟是怎样演变成憎恨的，而这憎恨又是怎样蜕变为病态的着迷，对此上尉无法从逻辑上想明白。

他深深地陷入了一种奇特的幻想之中。一向野心勃勃的他，过早就洋洋自得地预想自己的晋升。当他还是西点军校的一名年轻学员时，“韦尔登·彭德顿上校”这一称呼就仿佛萦绕在他耳边，熟悉又悦耳。今年夏天，他已把自己看作是奇才异能的军区司令。他甚至间或大声自语“彭德顿少将”——在他看来，此头衔原本就是他与生俱有的，其发音和他的名字听起来竟如此和谐。然而，在近几个星期，这个白日梦却奇怪地黑白颠倒了。一天夜里——确切地说是凌晨一点半——他坐在书桌前，极度疲劳。屋内一片寂静，忽然，他鬼使神差地脱口而出说：“二等兵韦尔登·彭德顿”。这几个字，及其产生的相关联系，在上尉的内心激起了一种安慰和满足的变态情绪。此刻他不再梦想荣誉和军衔，而是沉湎于想象自己成为士兵的一种微妙的舒快之中。他幻想自己年纪轻轻，简直跟他憎恨的那个士兵的孪生兄弟相差无几——无羁无绊的躯体散发出年轻的光华，就连普通士兵那廉价的军装也遮挡不住，他的头发浓密发亮，一双圆圆的眼睛不会因学习和疲劳而出现黑眼圈。二等兵威廉斯的影像交织于所有这些白日梦中，全部以军营为背景：年轻小伙子们的喧嚷嘈杂声，阳光下的温暖与悠闲，还有战友间离谱的恶作剧。

彭德顿上尉已经养成了每天下午在威廉斯宿营的四方大楼前散步的习惯。他通常看见士兵独自坐在同一条长凳上。走在人行道上，上尉总会经过距离他不出两码远的士兵，每当走近时，威廉斯便怏怏起身，懒懒地抬手敬礼。白昼渐短，此时已近黄昏，一丝属于夜晚的黑意缓缓攀上了天空。夕阳西下的瞬间，薄雾的朦胧中闪耀着一片紫色的晚霞，梦幻一般。

经过士兵时，上尉总是脚步放缓，目不转睛地盯着他的脸。他清楚士兵此时一定意识到了这些午后散步都是为了他的缘故。上尉忽然纳闷，士兵为何不在这个时间另寻他处以避开他。事实上，士兵坚守着自己的习惯，使他们每日的遇见带有幽会的情调，这让上尉异常兴奋。他从士兵身旁走过去后，不得不强忍着不再回头看去，随着脚步渐行渐远，他感觉到心中涌起一种强烈的怀旧忧伤，难以平复。

上尉的家里发生了一些变化。兰登少校与彭德顿夫妇形影相随，如同是第三个家庭成员，这一状况倒也深合上尉和莉奥诺拉之意。妻子的离世使得少校惊愕不已，孤苦无依。表面看去，他像是变了个人似的。他的从容与乐观已荡然无存，晚上他们三人坐在火炉前时，仿佛他有意让自己尽可能地坐着难受，坐姿别扭。他像柔体杂技演员那样将双腿扭在一起，或将一边宽厚的肩膀抬高，同时捏挤着一只耳朵。现在，他的思想和言语全都集中在艾利森身上，以及他生命中现在戛然而止的那一部分。他动不动爱谈及一些悲哀的老套话题，诸如上帝、灵魂、受难和死亡之类的——每当提及这些，他都会窘得变成大舌头和口吃。莉奥诺拉细心照顾他，为他做珍馐美味，随时听他倾诉内心的悲痛之情。

“要是阿纳克莱托回来就好了。”他常说。

艾利森猝逝后的次日早晨，阿纳克莱托就离开了疗养院，从此再没有人听到过关于他的消息。他重新收拾了行李，把她的全部遗物摆放整齐。之后，他就这么失去了踪影。莉奥诺拉又帮少校雇了祖西的一个兄弟来代替他，这个佣人厨艺不错。多年来，少校一直希望能雇一个普通的黑人童仆，他也许会偷他的酒，或者地毯下面清扫不干净，但无论如何一定不要随便摆弄钢琴，别叽叽喳喳地说法语。祖西的兄弟是个好孩子；他把梳子用卫生纸包起来当乐器演奏，他会醉酒，做的玉米面包很好吃。然而，少校满心期待的结果却并不令他满意。在很多方面少校依旧留恋阿纳克莱托，想起他就感到后悔不已，难过至极。

“你们知道吗，我曾经常威胁他说要是能把他送进部队的话，看我会如何处置他。你想这个小坏蛋一定不会真信我的，是吧？我多半是在逗他——可是换个角度想，我总觉得，他若真当了兵的话，那对他来说可是这世上最好不过的事了。”

上尉听腻了那些关于艾利森和阿纳克莱托的事。那个讨厌的小菲律宾人没因心脏病发作也一起死掉令他很遗憾。这几天上尉几乎对屋里的一切都感到无趣乏味。莉奥诺拉和莫里斯爱吃的那些做法简单又油腻的南方饭菜，格外不合他的口味。厨房里脏乱不堪，祖西懒散邋遢得无以言说。上尉自己是个美食家，也是酷爱整洁的业余厨师。他欣赏新奥尔良精细的菜肴，和法式大餐的考究与和谐。从前他独自在家时，经常下厨房做点鲜美食品，自我陶醉。他最喜欢的菜是用鸡蛋黄油嫩葱头调味汁[①]的牛柳。不过，他是个完美主义者，一个怪胎；倘若牛柳熟过了头，或是酱汁热得凝固了哪怕一丁点儿——他都会全部端出去倒在后院，挖个坑埋上。可当下他食不知味，没了胃口。今天下午莉奥诺拉去看电影了，他把祖西也给支走了。原本想自己做点什么特别口味的，在做炸肉饼正准备到一半时，他突然觉得兴味索然，于是作罢，扔下这一摊，抬腿就走了。

*

“我能想象阿纳克莱托在随军食堂当帮厨。”莉奥诺拉说。

“艾利森总认为我这么说是对他太无情，”少校说，“其实不然。阿纳克莱托在军队的话是不会开心的，肯定不会，但军队却能把他锻炼成人，一定不会再去做那些荒谬的事。我是说，我一直觉得，一个二十三岁的成年人不是跟着音乐跳来跳去，就是摆弄那些水彩，真有点不像话。在军中，他会被搞得精疲力竭、痛苦难过，但即便是这样，在我看来还是要比那种生活强得多。”

“你的意思是，”彭德顿上尉说，“以失去常态为代价而获得的成功，都是不对的，不应给人带来快乐。简言之，我们应当不断地修削

① 原文为法语。

榫头使其适应榫眼以入窍，完美结合，而不是另寻和使用不合规范的榫头去适应榫眼，终不得其所，因为前者在道义上是正确的，对吗？”

“对呀，你说的一点不错，”少校说，“难道你不同意吗？”

“不同意。”上尉顿了一下说。猛然间，他清晰地直视自己的灵魂，看见了赤裸的自我，这令他毛骨悚然。这一次，他没有用别人的眼光看待自己；他看到了一个扭曲的如同玩偶般的影像，相貌平平，形状怪异。上尉冷漠地端详着这个幻象。他接受了这样的自己，既无改变之意，也没有任何理由。“我不同意。”他茫然若失地重复了一遍。

兰登少校思忖着这个出乎意料的回答，却并没有再接着说下去。他一向觉得自己在引出话题之后，很难顺着任何一个思路继续谈论下去。他摇了摇头，又回到自己那些纷乱而迷惘的事情上。“有一次就在天亮前，我醒来了，”他说，“看到她房间的灯还亮着，就进去了。我发现阿纳克莱托也在，在床边坐着，两个人都低着头，在摆弄什么东西。他俩在干啥？”少校用生硬的手指按在两只眼睛上，又摇了摇头。“哦，对了，他们在往一碗水里扔些小东西，是阿纳克莱托在小杂货店里买的一种日本杂食——这些小颗粒在水里散开，像朵朵花儿开放。他们竟然在凌晨四点坐在那里摆弄那个玩。顷刻间我变得烦躁起来，这时又被床边艾利森的拖鞋绊了一下，我火了，一脚把两只鞋踢到房间的另一边去。艾利森很反感我，连续数日对我冷若冰霜。阿纳克莱托则在糖罐里装上咸盐，然后和咖啡一起给我端上来。真够惨的。那些夜晚她心里一定不好受。”

“他们赐给的，然后又收回去了。”莉奥诺拉说，虽不太懂《圣经》，她的善意是发自心底的。

近来几周，莉奥诺拉也有所变化。她正步入自己人生的成熟期。在这短暂的光阴中，她的身体似乎少了些少女的结实，脸型变宽了，闲静时露出一副疏懒温存的样子。她看上去像是已经有了几个健康宝宝的妈妈，又在期盼着大约八个月后降生的另一个孩子。她的肤色依然白皙，气色甚好，身材虽渐渐发福，却未见肌肉松弛的迹象。情人妻子的死使她惊愕不已。亲眼目睹灵柩里的遗体闹得她神魂颠倒，以至于葬礼后数日她仍然战战兢兢地小声说话，甚至在军卖部[1]订购日用品时也是如此。她对少校是一种迷惘的温情，不断反复地回忆有关艾利森的开心往事。

“对了，”上尉突然说，“我一直纳闷她来你这里的那天晚上。她在房间里对你说了什么，莉奥诺拉？”

“我告诉过你的，我都不知道她来过。她没有叫醒我啊。”

但在这个问题上，彭德顿上尉一直无法释怀。越是回想在他书房发生的那一幕，他就越感觉到事情的莫名其妙且扣人心弦。他不怀疑莉奥诺拉说的是实话，因为她一旦撒谎，就会写在脸上，大家立马看得清清楚楚。可是，艾利森当时说的是什么意思？他为何没有一回到家就先上楼去看一下？他感到自己清楚答案就在内心深处的某个角落，很隐蔽的无意识中。这件事他越想越感到忐忑不安。

---

①（美军）营地服务商店，军中福利社。

“我记得有一次，我确实吃惊不小，”莉奥诺拉说着，伸出少女般粉嫩的双手靠近火炉，“当时，我们一起开车去北卡罗来纳，在你那个朋友家里美美地吃了一顿鹧鸪后那天下午，莫里斯。艾利森、阿纳克莱托和我在乡间小路上散步，突然，一个小男孩走过来，牵着一匹犁田的马——骡子的近亲，没错。没想到艾利森喜欢上了这匹羸弱老马的脸，突发奇想决定要骑上它。于是，她和这个北卡罗来纳州的小牲口[1]交上了朋友，然后，她爬上篱笆桩，再跳到马背上——没有马鞍，还穿着裙子。你想想看！我猜，这马已经多年没人骑了，她刚一坐上，它就躺倒在地，带着她打起滚来。我心想这下艾利森·兰登完了，吓得闭上了眼睛。可是，你知道吗，片刻间她竟让马儿站立起来，还在田间一溜小跑，仿佛之前什么事也没有发生过。换做你的话，你是永远也做不到的，韦尔登。阿纳克莱托则像一只喝醉的松鸦不停地跑来跑去。天啊，玩得好开心——我简直惊呆了！”

彭德顿上尉打了个哈欠，倒不是因为困了，而是莉奥诺拉说到他的马术令他不满而故意失礼。他和莉奥诺拉曾因“火鸟”有过激烈的争吵。上次像疯了一样一路狂奔之后，马儿已是昨是今非，为此莉奥诺拉气愤地责怪了她丈夫。不过，最近两周发生的事情转移了他们的关注点，上尉坚信她很快就会忘掉彼此的怨恨。

兰登少校说了一句他最喜爱的格言结束了今天晚上的谈话：“我现在只在乎两件事——锻炼身体，为国效力。健康的身体和爱国

① 美国北卡罗来纳州及其居民、动物的绰号。

主义。”

当下，彭德顿上尉的家对于一个遭遇严重心理危机的人而言并非理想之地。若在从前，上尉一定会对莫里斯·兰登的悲叹一笑了之。如今，家里弥漫着死亡的气氛。不仅是艾利森已归西，他似乎感觉到他们这其余三人的生命也已神秘地终止。他曾惧怕莉奥诺拉会和他离婚，并跟莫里斯·兰登私奔，而今他不再为此担忧。他曾经倾心于少校，但相比之下，他现在对士兵的情感超越了所有的曾经，而那只不过是一种单纯的愿望罢了。

这些日子，上尉的家里也让他特别烦躁。住处布置得乱七八糟。客厅里摆放着过了时的沙发，用印花棉布罩在上面，有两把安乐椅子，一块大红色小地毯，和一张古色古香的写字台，房间的格调显得华丽庸俗，令上尉反感。蕾丝窗帘看上去质量低劣，污垢满目，壁炉台上堆放着杂七杂八的装饰品和便宜花哨的小玩意儿——一列仿象牙制品的大象摆件、一对漂亮的铁艺烛台、一尊彩色小雕像，是一个黑人小孩儿正冲着一牙西瓜咧着嘴巴傻笑，还有一只蓝色的墨西哥玻璃碗，里面是莉奥诺拉扔进去的一些旧名片。频繁地搬动，导致所有家具都有点摇晃不稳。房间的布置给人总体印象是女性化且杂乱无章，上尉对此很反感，他尽量不待在这里。他在心底深处暗自渴望和想象着营房，脑海中浮现出一排整洁的帆布床，光秃秃的地板，以及没挂窗帘空落落的窗户。在这间幻想中简陋而清苦的房子里，不知什么缘故，竟然靠墙放着一个镶有铜丝边的古董雕花箱子。

每当在傍晚长距离散步时，彭德顿上尉都处于中枢神经兴奋状态，近乎是谵妄。他感到自己在空中漂浮，与世间万物绝缘，带着年轻士兵深沉忧郁的影像，如同女巫怀中抱着狡诈魔法一样。此时，他体验到一种特别的脆弱感。虽然他感觉到自己远离了其他所有人，在散步时所见到的一切却在他眼中显得异常重要。他接触的每一样东西，即便是最普通的，仿佛同他的命运都有着神秘的关系。例如，他碰巧看到水沟里有一只麻雀，便会驻足而观整整好几分钟，完全被这一日常所见而吸引。眼下，他已暂时丧失了根据其相对值去本能地区分各种感官印象的基本能力。一天下午，他目睹了一辆运输大卡车和一辆小轿车相撞的惨烈场面。但他对这场血腥车祸的印象绝非比数分钟后飘在空中的一小碎片报纸给他的印象深刻。

很久以来，他早已不再把自己对二等兵威廉斯的情感笼统地归结于恨，也不再极力为那份占满他心中位置的情感寻找借口。他想到士兵时，没有爱意也无恨意；意识里唯有无法克制的愿望，想消除他们之间的隔阂。当他从远处望见士兵在营房前休息时，就想对他大声叫喊，或挥拳揍他，激将他对暴力做出某种反应。自从他第一次遇见士兵，至今已快两年了。离上次士兵被派去他那儿完成清理树林的任务，也过去一个多月了。在这期间，他们彼此的对话仅限于只言片语。

十一月十二日的下午，彭德顿上尉和往常一样出门散步。这一天对他来说可谓是度日如年。早上在教室里，他正站在黑板前讲解一个战术问题，突然记忆断片了。话说到一半时，大脑一片空白。他不仅把那堂课剩余的教学内容忘得一干二净，就连教室里军官学员们的面孔也看似陌生了。在他脑海里只有二等兵威廉斯，清晰可见——没有别的。好一阵子，他呆呆地立在那里，手持粉笔。这时，他处变不惊，陡地灵机一动，宣布下课。幸好在出现短暂失忆时，他的课已基本接近尾声。

上尉步态僵硬，在去那四方大楼的一条人行道上走着。这天下午天气反常。天上乌云密布，但在接近地平线处，仍是天晴日暖，温和的阳光洒向大地。上尉不自然地摆动手臂，看似手臂在肘部不能弯曲一样，眼睛一直盯着军裤的裤脚和脚上擦得乌黑铮亮的长脸尖头皮鞋。走到威廉斯常坐的凳子前，他才抬起头，瞪眼看了他片刻，然后走上前去。士兵慢腾腾地起身立正。

"二等兵威廉斯。"上尉说。

士兵听着，但彭德顿上尉却没再说什么。他本想就士兵违反军人着装规定对他训斥一番。当他走近时，似乎觉得威廉斯的外衣没有扣好衣扣。乍一看，士兵总让人感觉像是没穿整套军服，或是缺少了什么必戴的军装配件。可当他们面对面时，彭德顿上尉才发现其实他并没有什么可指责的。士兵之所以会给人着便服、军容不整这个印象，原因在于他自身的体态，他没有违反任何军规。上尉仍默默地站在这个年轻人面前，如骨鲠在喉，透不过气来。而在心里，他却对士兵恶言恶语狠狠地责骂了一通，也有情话、恳求和辱骂。不过最终他仍没作声，转身走开了。

眼看着要下雨，却一直等到彭德顿上尉快到家了，雨才落下。这不是缠绵的潇潇冬雨——是夏日骤雨，咆哮着疯狂地从天而降。上尉离家还有不到二十码的距离，这时雨点开始落在他身上。他只要快跑几步，便可轻松到家。可是他依旧脚如注铅，施施而行，任凭冻雨倾盆而下，把他淋成了落汤鸡。回到家打开前门时，他眼睛发亮，直打哆嗦。

*

二等兵威廉斯预感到风雨欲来，就走进了军营。他坐在娱乐室里等着开饭，然后，在饭堂一片吵吵嚷嚷的喧闹声中，他悠闲自在地吃完了丰盛的晚餐。随后，又从他的小橱里拿出一袋混装便士糖果[1]，一边嚼着棉花糖，一边去上公共厕所，在那儿，他寻衅和人打了一架。他进门时，只有一个便桶没人用，排在他前面的士兵在解裤子。那人正要坐下，二等兵威廉斯粗暴地推了他一把，想把他撵走腾位子。接着他俩打了起来，一小群人也围过来了。威廉斯强壮而敏捷，从一开始就占尽了上风。打架中，他脸上即未露出吃力也无生气的样子；依然是神色不动，表情冷漠，唯有额头的汗水和蒙昧的眼神揭示了他拼搏的真相。他使对手处于孤立无援、无力招架的境地，眼看这场胜局已定，忽然间，他自己却放弃不打了，似乎对打架的兴趣荡然无存，甚至无心自卫。结果反遭对方一顿暴打，头被恶毒地往水泥地上猛撞。打架结束后，他昏头昏脑地站起来，离开了厕所，压根也没用便桶。

---

① 独立包装出售的任何种类的糖果，如泡泡糖，历史上曾在美国零售店里很常见，每块售价一便士。

二等兵威廉斯寻衅滋事，这已不是头一次了。两周来，他每晚待在营房里，招惹了不少麻烦。这是他性格特点的另一面，尚未被营房的室友们猜想到。他时常一连几个小时呆若木鸡地坐着，一声不吭，转眼间又会犯下不可原谅的错误。空闲时间里，他不再去树林散步，晚上也睡不好，噩梦呓语吵醒了同寝室的室友。但却没有人关注过他这些古怪行为。军营里有各种离奇古怪的事，比起他来有过之而无不及。一位老下士每天晚上给秀兰·邓波儿[①]写信，像写日记一样罗列出他白天所做的事情，次日早饭前寄出去。另有一位服役已满十年的士兵，只因朋友不肯借给他五毛钱买啤酒喝，竟从三楼窗户跳了下去。在同一炮兵连里有个厨师，总是怀疑自己得了舌癌，无论医生做何解释也不能消除他的焦虑，这是一种疑病症。他对着镜子寻思，舌头伸出很长，看上面的味蕾，而且饿得自己骨瘦如柴。

打完架后，二等兵威廉斯走进宿舍，躺在他的帆布床上。他把那袋糖果放在枕头底下，盯着天花板发呆。窗外雨势减弱，夜晚悄然而至。百无聊赖中几多幻想让他的大脑活跃起来。他想到了上尉，但眼前浮现的只是一系列毫无意义的影像。这个来自南方的年轻士兵把军官和黑人都笼统地归于一类——他们存在于他的生活之中，但却不把他们看作是人类的成员。仿佛上尉是天气或某种自然现象，他顺从天意安然地接受了他。也许上尉的行为看似意想不到，但他认为这与自己毫无关系。他从未想过这值得他去怀疑，如同他从不去怀疑雷雨交

① 秀兰·邓波儿（Shirley Temple，1928—2014），电影演员，美国著名童星。

加或花朵凋零一样。

那天夜里灯突然被打开，他看见一个皮肤灰暗的女人站在门口盯着他，从那以后，他再没到彭德顿上尉住处的附近去过。当时，他吓得心惊肉跳——但这种恐惧更多是生理上的反应，而不是心理上的，是潜意识，而不是醒觉。他听见前门关上后，小心地向外张望，看见路上没人。刚一平安回到树林，他撒腿就跑，拼命地跑，跑得悄无声息，尽管他还没弄清楚到底是什么让他如此害怕。

可是，他对上尉的妻子一直念念不忘，“夫人”的身影让他夜夜魂牵梦萦。有一次，他刚入伍不久，因食物中毒被送进医院。每当护士走近他时，他就会想到女人身上带有的邪病，不禁在被子下面直打哆嗦。他宁愿躺在床上几个小时，痛苦不堪，也不肯去找护士来。然而，他触摸过“夫人”，却一点也不害怕这邪病了。每天他给马儿洗刷干净，装上马鞍，目送她策马远去。冬日的清晨，寒气逼人，而上尉的妻子面色红润，兴高采烈。每次见面，她都会说个笑话，或友好地问候一下，但威廉斯从不直视她，要么不回应她的寒暄。

他从不把她与马厩或户外联想在一起。在他心里，她始终在那间屋子里，在那里，他曾在夜里如痴如醉地注视着她。这些时刻留给他的全部是感官的回忆。脚下踩着厚感地毯，柔滑的丝绸床罩，幽微的香水味，还有女人柔软、丰满和温存的玉体，以及寂静的黑夜——他蹲在床边靠近她身体时，心里感受到异样的甜蜜，他全身肌肉绷紧，体内满满的能量。明了世间这奇妙感受之后，他从此一发不可收；在他身上激发的黑暗中沉迷不醒的欲望，注定要去满足，这是确定无疑的。

雨一直下到半夜才停。营房里早就熄灯了。二等兵威廉斯还没有脱衣服，雨一停，他就穿上球鞋出去了。和往常一样，他沿着驻地周围的树林边缘往上尉的住处走去。然而，今夜无月，士兵却比平时走得急。途中还迷了路，终于走到上尉家时，又发生了一场意外。黑暗中，他跌倒了，起初他感觉貌似跌进了一个深坑。为搞清自己的处境，他擦着了几根火柴，才看清是一个新挖的洞。房子一片漆黑，士兵满身擦伤和泥水，上气不接下气，他在外等了片刻，然后走进屋里。之前他共来过六次，这是第七次，也将是最后一次。

彭德顿上尉此时正站在卧室的后窗前。他已经服过三粒速可眠了，还是难以入睡。他喝了白兰地，略有醉意，有点昏昏沉沉——仅此而已。上尉是个对奢华十分在意、对穿着很挑剔的人，此时却只穿着粗糙的睡衣，一件黑色粗羊毛的宽大长衣，像是给刚刚丧偶的监狱女看守买的衣服，睡裤的面料是本色的，如帆布一般僵硬。他赤着脚，尽管地板现已很凉了。

上尉正在聆听风吹过松林的飒飒响声，突然，外面夜空中微小的火焰映入眼帘。火光瞬间被风吹灭，但就在那一刹那，上尉看见一张脸。那张脸被火光照亮，又隐没在黑暗中，这让上尉倒吸了一口气。他注视着，隐约认出穿过草坪的这个身影。上尉攥紧前胸的衣服，一只手按在胸口上。他闭上眼睛，等待着。

一开始，他没有听见任何动静。接着，他感觉到而不是听到了蹑手蹑脚上楼梯的脚步声。上尉的房门半开半掩，透过门缝他看见一个黑影。他轻声说了句什么，但发出的嘧嘧声太小，听起来好似外面的风声。

彭德顿上尉等待着。他再次闭上了眼睛，在那里站了一会儿，备受痛苦紧张的煎熬。随后，他走出房间进到厅里，看见映在妻子房间浅灰色窗户上的影子，那正是他追寻的人。紧接着，上尉如梦方醒，这一瞬间他全都知道了。其实，在期待巨大而不明的冲击出现的那一刻，人的大脑会本能地通过暂时放弃惊讶能力的方式给自己一个心理准备。在那脆弱的一刻，各种各样半猜测的可能性自己显现出来，而当不幸显出轮廓时，人已经神奇地预先感知到了。上尉从他床头柜抽屉里拿出手枪，穿过大厅，打开了他妻子房间的灯。与此同时，一些潜藏着的记忆片段——窗户上的影子、夜晚的动静——都浮现在他脑海里。他告诉自己他什么都明白了。然而，他究竟明白了什么，却又无法表达清楚。他只是肯定，事情到此结束了。

蹲着的士兵没来得及起身。突然扭亮的灯光使他傻眼，他并未惊惶失色，表情是一种仿佛被无故打扰而露出的茫然和厌烦。上尉是一名优秀的神枪手，他开了两枪，在士兵胸部中央只留下了一个血肉模糊的枪眼。

枪声惊醒了莉奥诺拉，她从床上一下坐了起来。仍然睡意未消，她瞪眼四下望着，像是在看一个剧情，一场触目惊心但不必真信的悲剧。兰登少校紧接着来敲后门，穿着拖鞋和睡袍匆忙跑上楼。上尉靠在墙上，全身瘫软。身着那古怪、粗糙的上衣，他活像个失魂落魄的僧人。纵使心脏已停止了跳动，士兵的身体看上去依然保持着肉体的温暖和舒适感。他脸上的表情仍是一成不变的严肃，那双晒黑的双手摊在地毯上，手掌朝上，宛如在睡梦中。

年 表

一九一七年　露拉·卡森·史密斯二月十九日出生于佐治亚州首府哥伦布，是拉马尔和玛格丽特·沃特斯·史密斯的第一个孩子。

一九二六年　开始上钢琴课。

一九三〇年　去掉名字中的“露拉”，立志要成为一名钢琴家。

一九三二年　身患严重的风湿热，当时被误诊，这件事之后被认为与她晚年的中风关系密切。据信，就是在这一年，她告诉最要好的朋友，她决定要成为一名作家。

一九三三年　自哥伦布高中毕业，开始写作剧本和她第一部短篇小说《吸管》，这篇小说最终在一九六三年得以出版。

一九三四年　乘坐汽轮从萨瓦纳前往纽约市，先是在哥伦比亚大学登记参加了文学创作班，在接下来的一年，进入纽约大学学习。

一九三五年　与小詹姆斯·利夫斯·麦卡勒斯相遇。

一九三六年　第一篇正式刊载的短篇小说《神童》挣到二十五美元

的稿费，这个短篇刊登在该年十二月号的《故事》杂志上。再一次患上风湿热（这一次被误诊为结核病）。在养病期间，开始筹划她的第一部长篇小说。

一九三七年　与利夫斯·麦卡勒斯结婚，搬家到北卡罗来纳州的夏洛特市——利夫斯在那里的零售信用公司找到了工作。她开始撰写一部她称为《哑巴》的小说。

一九三八年　搬家到北卡罗来纳州的费耶特维尔市。提交了《哑巴》的六个章节及故事大纲参加米夫林出版公司新人出道作大赛，赢得了一份合同，以及五百美元的出版预付款。

一九三九年　完成《哑巴》，开始写第二部长篇小说——《军中来信》，稍后被更名为《金色眼睛的映像》。筹划第三部小说，《新娘和她的兄弟》，亦即后来的《婚礼的成员》。

一九四〇年　《哑巴》更名为《心是孤独的猎手》，由米夫林出版公司出版。出席佛蒙特州明德学院的布莱德·洛夫作家会议。《金色眼睛的映像》分为两个部分，于该年十月和十一月在《时尚芭莎》[1]杂志上发表。与利夫斯分居，搬到布鲁克林的一家社区公屋居住；同住的房客包括

① 全球历史最为悠久的顶级时尚杂志，一八六七年创刊。

威斯坦·休·奥登[①]和吉普赛·罗斯·李[②]。

一九四一年 《金色眼睛的映像》由米夫林出版公司出版。造访萨拉托加温泉市的耶都艺区，并在那里完成了《伤心咖啡馆之歌》。开始跟利夫斯办理离婚。第一次脑中风之后，在这一年的晚些时候患上严重的肋膜炎、链球菌喉炎和肺炎。

一九四二年 《树·石·云》被选入《欧·亨利纪念奖小说年选》。获得古根海姆创作基金。糟糕的健康状况迫使她取消了前往墨西哥的旅行。利夫斯延长服役时间。

一九四四年 病情更为严重。父亲去世。利夫斯在诺曼底战役中受伤。《伤心咖啡馆之歌》被选入《最佳美国短篇小说年选》。

一九四五年 与利夫斯再婚。完成《婚礼的成员》。

一九四六年 米夫林出版公司出版《婚礼的成员》。在南塔克特岛上与田纳西·威廉斯一道将《婚礼的成员》改编为剧本。再获古根海姆创作基金，与利夫斯前往巴黎。

一九四七年 两次严重中风，第二次中风令她左臂瘫痪。回到纽约。

一九四八年 与利夫斯分居，尝试自杀，后与利夫斯和解。公开支持哈利·S. 杜鲁门的总统竞选。

---

① 威斯坦·休·奥登（Wystan Hugh Auden，1907—1973）：英国出生的美国诗人，是继叶芝和艾略特之后，最重要的英语诗人。

② 吉普赛·罗斯·李（Gypsy Rose Lee，1911—1970）：美国三十年代脱衣舞明星，一九三七年登上银幕。代表作有《玫瑰影后》《巴格达的姑娘们》等。

一九四九年　新方向出版公司出版《婚礼的成员》(剧本)。

一九五〇年　《婚礼的成员》在百老汇帝国大剧院首演。作为当季最佳剧本，这部舞台剧赢得了纽约戏剧评论家奖。再次与利夫斯分居。

一九五一年　米夫林出版公司出版《伤心咖啡馆之歌与其他作品》。开始创作她称之为《碾槌》的作品(其中一部分将会成为长篇小说《没有指针的钟》)。

一九五二年　与利夫斯一起回到欧洲，在巴黎附近买了一所房子。短暂参与电影《终点站》剧本的创作。《婚礼的成员》电影版上映。

一九五三年　利夫斯试图说服卡森一同自杀。她返回纽约。利夫斯在巴黎的一家旅店里自杀身亡。

一九五四年　在耶都艺区度过数月时间，创作《没有指针的钟》和一部剧本《奇妙的平方根》。

一九五五年　在基韦斯特同田纳西·威廉斯一同创作。母亲猝亡。

一九五七年　《奇妙的平方根》在百老汇首演，但是经过四十五场演出后即撤剧。

一九五九年　手臂和手腕进行两次手术。开始写作儿童诗歌。

一九六〇年　完成《没有指针的钟》。

一九六一年　再次手术。《没有指针的钟》由米夫林出版公司出版。

一九六二年　确诊乳腺癌，被施以乳房切除术。左手再次手术。

一九六三年　爱德华·阿尔比[1]的改编剧本《伤心咖啡馆之歌》在百老汇首演。

一九六四年　右侧髋骨骨折，左侧手肘粉碎性骨折。儿童诗集《甜如泡菜净如猪》由米夫林出版公司出版。

一九六五年　首本麦卡勒斯研究著作——奥利弗·伊文思的《卡森·麦卡勒斯：她的生命与作品》出版。

一九六六年　与玛丽·罗杰斯[2]合作，将《婚礼的成员》改编为音乐剧。撰写自传《神启与夜之光》(于一九九九年出版)。

一九六七年　因“对文学作出的杰出贡献”获亨利·贝拉曼奖。最后一次中风，重度脑出血，昏迷四十七天。卡森·麦卡勒斯于九月二十九日逝世，埋葬在橡树山公墓，墓碑就在哈德逊河的河堤旁。《金色眼睛的映像》电影版上映。

一九六八年　《心是孤独的猎手》电影版上映。

一九七一年　米夫林出版公司出版《抵押出去的心：短篇小说及非小说作品集》，由卡森的妹妹玛格丽塔·G. 史密斯负责编辑。

---

① 爱德华·阿尔比(Edward Albee，1928—　)：美国剧作家。

② 玛丽·罗杰斯(Mary Rodgers，1931—　)：美国音乐剧作家、编剧。